Maria Ernestam · Der Kater, meine Nachbarn und ich

Maria Ernestam

Der Kater, meine Nachbarn und ich

Roman

Aus dem Schwedischen von
Gabriele Haefs

Mit Kohlezeichnungen von
Inka Hagen

btb

1. Kapitel

Der Kater wusste es zuerst. Mit zusammengekniffenen Augen musterte er das renovierte Haus und den überwucherten Garten. Die Luft war feucht, und das erste Morgenlicht streifte Schornstein und Gartenwege. Verfaultes Laub lag in Haufen neben einem zerbrochenen Zaun.

Der Apfelbaum reckte seine Zweige in die Wolken. Der Kater wetzte seine Krallen am Stamm, ehe er zu den Rhododendronbüschen weiterlief. Überall waren schon die Vorboten eines zeitigen Frühlings sichtbar. Noch keine Knospen, aber zum Bersten gefüllte Spannung.

Die Pfoten bohrten sich in den Boden. Die Erde

gab jetzt nach. Der Winter hatte sie aus dem Griff verloren, und die Scholle mit ihren süßen Geheimnissen würde bald offen und zugänglich daliegen. Die Atemzüge im Schnee waren fast vergessen.

Nicht, dass der Winter gestört hätte. Der Kater war an wechselndes Wetter gewöhnt, wusste das sogar zu schätzen. Die ersten Schritte auf dem Eis, der Schnee, der das Fell puderte. Die ins Kalte gepinselten Bäume. Die kristallklaren Oberflächen.

Der Kater sprang auf die Mauer und inspizierte sein Revier mit allen Sinnen. Mehrere benachbarte Grundstücke. Einen nach dem anderen hatte er verjagt von den Konkurrenten, die sich hinaus in die Gärten ihrer Besitzer gewagt hatten. Nichts hatte er sich nehmen lassen. Mit List und innigem Hass hatte er sie alle besiegt.

Er war nicht größer als seine Feinde, aber erfahrener und ans Kämpfen gewohnt. In seinen Genen lagen Generationen von wilden Katzen, die sich nicht verdrängen ließen und für sich und um ihre Nahrung kämpften. Er konnte den Artgenossen, die bei aufziehen-

dem Sturm oder Regen Schutz und die Hand eines Herrchens suchten, nur Verachtung entgegenbringen. Die hatten es nur verdient, ins Haus zurückgescheucht zu werden, hatten es verdient, still und verzagt im Fenster zu sitzen.

Hinter der Fensterscheibe konnten sie verärgert aussehen, mit gesträubtem Fell und drohenden Blicken ihren Abscheu und ihren Neid zum Ausdruck bringen. In der Sicherheit konnten sie Mut zeigen, zwischen Blumentöpfen und Leuchtern. Sie waren eine Schande für ihre ganze Art.

Der Kater lief hinaus auf den Steg und betrachtete den grauen Wasserspiegel. Keine Fische, nur ein paar Enten ein Stück weiter. Die Schwäne ließen sich noch nicht blicken, und wenn sie erst kämen, würden sie nicht lange bleiben.

Die Zinkwanne war fast bis an den Rand mit Regenwasser gefüllt. Der Kater reckte sich, senkte den Kopf und leckte das kühle Nass. Er kannte keine Furcht. Das war noch nie der Fall gewesen.

2. Kapitel

Der Boden war noch immer feucht, und in der Ecke funkelten einzelne Wassertropfen. Die Handwerker hatten das Haus offenbar in dem Moment verlassen, in dem sie das Auto um die Ecke kommen sahen. Sara stand in der Tür, nahm den Duft des Kiefernholzes wahr, die frischgestrichene Oberfläche der Wände.

Ein leeres Haus. Nur ein paar Taschen in der Diele. Der Rest ihres gesamten Hausrates war in einem Möbelwagen verstaut, der sich irgendwo auf den Landstraßen Schonens befand. Er würde erst am nächsten Morgen eintreffen.

Björn stand in der Küche und inspizierte Herd,

Ofen und Abzug. Er kommentierte den Küchenschrank. Sagte, welch ein Glück es sei, dass sie sich die Sache anders überlegt und sich für Holz entschieden hätten. Sie umarmte ihn von hinten.

»Das ist phantastisch.«

»Ich wüsste ja gern, wo der Schlüssel zur Vitrine ist. Der Möbelpacker hat behauptet, ich hätte ihn eingesteckt. Aber ich bin ganz sicher, dass er es war. Wenn wir ihn nicht finden, weiß ich nicht, wie wir dic Glastür öffnen sollen.«

»Der wird schon noch auftauchen.«

Björn wanderte durch das Wohnzimmer und äußerte sich begeistert über die Türen. So würde es eben, wenn man Profis anheuerte. Das sollte man immer tun. Er ging in die Hocke und sah nach, wie die Stromkabel verlegt worden waren. Dann richtete er sich auf und wischte sich die Hose ab.

Der Katzenkorb stand noch im Auto, und Sara ging hinaus, um Mischka zu holen. Die Katze schaute sie beleidigt an. Rasch gab Sara Wasser in eine Schüssel und Futter in eine andere. Das Katzenklo stellte sie in eine Ecke, ehe sie die Gittertür öffnete.

Mischka verließ ihr Gefängnis und machte sich an die systematische Untersuchung der neuen Räumlichkeiten. Sara schloss die Haustür. Um sich an die neue Umgebung zu gewöhnen, würde Mischka einige Tage im Haus bleiben müssen. Auch, wenn sie das sehr bald satthaben und ihre Wünsche ungeduldig dadurch zum Ausdruck bringen würde, dass sie sich an die Haustür drückte und jammerte.

Björn verschwand und kam zurück mit Kartons und Lebensmitteltüten. Er packte den Kochtopf aus, den sie mitgebracht hatten, und setzte Wasser auf. Dann zog er eine Flasche Champagner hervor. Der Korken schoss mit lautem Knall heraus und kullerte über den Boden. Mischka sprang hinterher.

»Danke!«

»Auf das Haus und auf uns! Darauf, dass wir es so unglaublich gut haben!«

Der Champagner perlte wunderbar auf der Zunge. Mit den Worten einen Bärenhunger zu haben, packte Björn die Lebensmittel aus. Sara überließ ihn sich selbst und wanderte mit dem

Glas in der Hand die Treppe hoch in den ersten Stock. Im Badezimmer hingen einige Stofffetzen über dem Badewannenrand, und eine Flasche mit Reinigungsmittel stand auf dem Boden. Die Eile, wie auch der Geruch von Putzen und Trocknen, hing noch in der Luft.

Durch das Fenster konnte sie den Garten ahnen. Sie hatte selten einen so vernachlässigten Garten gesehen. Unkraut und Steine überall auf der Rasenfläche, verwilderte Beerensträucher und ein Apfelbaum, der mindestens zwei Jahre lang keine essbaren Früchte tragen würde.

Und doch hatte sie sich in ihn verliebt. Sie wusste bereits, wie sie den Garten gestalten würde. Ein Naturgrundstück mit Pflanzen aus der Region. Ein wenig Mohn und Kornblumen, vielleicht Hagebutten. Ein Gartenbeispiel, das zu ihr und anderen passte. Nur die Menschen mit grünem Daumen und tief verwurzelten Kenntnissen hatten doch Zeit und Lust, sich um Rasen und Sträucher zu kümmern. Die anderen wurden ja kaum mit ihren Balkonen fertig.

Ihr eigener Garten sollte deutlich machen, dass

man Ordnung auf einem Grundstück halten konnte, ohne die Rasenränder mit der Nagelschere schneiden zu müssen. Björn war von dieser Vorstellung begeistert gewesen. Es hatte ihm nie gefallen, im Boden zu graben und ein verschmutztes Hemd zu riskieren. Er war ein Stadt- und Schreibtischmensch, ein Abnehmer für Landluft aus der Dose.

Björns Stimme war aus der Küche zu hören, und als sie zu ihm hinunterging, hatte er bereits auf dem Boden gedeckt. Auf einem Handtuch lagen Plastikdosen mit Häppchen und Brot. Servietten daneben und die Champagnerflasche, brennende Kerzen. Sara setzte sich mit übereinandergeschlagenen Beinen auf den Boden, und Björn nahm ihr gegenüber Platz.

Rasch häufte er ein paar Krabben auf seinen Teller und erklärte, er habe nie zu glauben gewagt, dass die Renovierung so gut ausfallen würde. Vielleicht erinnerte er sich unbewusst an ihren ersten Besuch, als er vor dem Gestank eines nahegelegenen Stalles zurückgewichen war. Feuchter Boden hatte seine neuen Schuhe besudelt. Sie sah ihn forschend an, ehe sie fragte:

»Wirst du dich hier wohlfühlen?«

»Ganz bestimmt.«

»Es ist ein Stück bis zur Stadt.«

»Eine halbe Stunde mit dem Auto, und man kann Radio oder Musik hören. Ich glaube, das Pendeln wird mir nichts ausmachen. Für dich wird es vielleicht schlimmer. Du wirst ja die ganze Zeit hier sein. Und nur mit den Pflanzen reden können. Und Mischka natürlich. Aber die wird sich wohl nicht auf das Grundstück begrenzen wollen. Bestimmt gibt es im Wald feine fette Ratten.«

Sara richtete sich ein Arrangement verschiedenster Delikatessen auf dem Teller an.

»Das macht mir nichts aus. Und wenn doch, kann ich ja auch das Auto nehmen, dann brauche ich auch nur eine halbe Stunde in die Stadt.«

»Wir werden uns wohl noch ein Auto zulegen müssen.«

»Daran habe ich auch schon gedacht. Ein großes. Mit Platz für Erde und Pflanzen.«

Björn füllte die Champagnergläser.

»Du findest sicher ein gebrauchtes mit Resten

von eingetrocknetem Dünger auf den Sitzen. Die Nachbarn haben vielleicht einen Tipp.«

Björn nahm genießerisch einen Schluck. Bestimmt kostete er in Gedanken jede einzelne Traube aus. Seine Finger waren lang und schmal. Weiße Pianistenhände, die sich nur von Bleistiften beflecken ließen, denn Bleistifte zog er vor, wenn er seine mathematischen Probleme löste. Ansonsten hätte er sich sicher für Schreibfeder und Tintenfass entschieden. Björn, der geborene Ästhet.

Sie waren so verschieden. Das hatte sie in ihren gemeinsamen drei Jahren schon mehrmals festgestellt. Einige Monate zuvor wäre beinahe Schluss gewesen. Doch jetzt war ihre Beziehung ebenso frischrenoviert wie das Haus.

Sie fuhr sich mit der Hand über die Haare, fand das Gummiband und zog es herunter. Ließ ihre Haare über ihre Schultern fallen, ehe sie sie wieder zu einem Pferdeschwanz sammelte. Björn sah ihr dabei zu.

»Es ist schön, wenn du die Haare offen trägst.«

»Aber unpraktisch.«

»Aber schön.«

Mischka tauchte von irgendwoher auf und legte sich neben das Handtuch. Sara nahm ein Stück Käse und hielt es ihr hin. Mischka schnappte sich den Leckerbissen und leckte Saras Finger sauber.

Björn musterte die Katze. Der neue Käseladen mitten in der Stadt sei wirklich eine Entdeckung, sagte er dann. Endlich ein Laden mit kontinentalem Angebot für die, die den öden Haushaltskäse satthätten. Allein schon das Wort. Ein Käse für den Haushalt.

Sara streckte das Bein aus. Ihr Fuß war kurz vor dem Einschlafen. Draußen wurde es immer dunkler, und ohne Lampen würde es ein früher Abend werden. Und eine Nacht auf der Isomatte. Plötzlich fiel ihr etwas ein.

»Apropos Nachbarn …«

»Ja?«

»Hast du mit ihnen über den Zaun gesprochen?«

»Ich habe den Mann im Haus erwischt. Er hat gesagt, er wolle seine Frau fragen, aber er glaubte nicht, dass es ein Problem sein könnte. Er hat mehrmals betont, wie sehr sie sich darüber freuen, dass das Haus hier renoviert wird.«

Ihre nächsten Nachbarn wohnten im Haus gegenüber. Es war rot und umgeben von einem großen, traditionell gestalteten Garten. Der Rasen wirkte sehr gepflegt.

»Hast du noch mehr erfahren?«

Björn goss den restlichen Champagner ein.

»Er war ganz schön redselig. Arbeitet als Versicherungsmakler. Sie fühlen sich hier in der Gegend sehr wohl. Ruhig und angenehm sei es. Die Leute kämen einander nicht zu nahe. Aber es wäre kein Problem, füreinander Post anzunehmen, wenn jemand verreist.«

»Bedeutet das, dass die Leute hier engen Kontakt zueinander haben?«

»Wie eng der ist, weiß ich nicht. Aber möglich ist das schon.«

»Dann werden wir vielleicht demnächst mal zu einem Nachbarschaftsfest eingeladen.«

Björn lächelte sie an.

»Wenn du dich nur zusammennimmst und nicht zu laut Musik hörst.«

Sie konnte das Lächeln erwidern. Es war leichter, jetzt, danach. Damals war es grauenhaft gewesen.

Die Nachbarn oben, die dauernd auf den Boden klopften, an ihre Decke, sowie sie Musik hörten. Am Ende hatte Sara kaum gewagt, mit Schuhen an den Füßen durch die Wohnung zu laufen.

Die Schleimerei vor jeder Einladung. Verzeihen Sie, aber heute Abend kommen ein paar Freunde vorbei. Das starre Lächeln und kalte Nicken der Nachbarn. Die Bemerkung, dass es sehr nett wäre, wenn sie nach dem Waschen die Waschküche aufräumen könnten. Und die Reste des Waschmittels aus dem Waschbecken entfernen.

Die Eskalation, als das Studentenpaar einzog. Sie aus Norrland, er aus Kenia. Das Flugblatt im Briefkasten, der Wunsch nach einer Versammlung, bei der alle, dieses Wort war unterstrichen, anwesend sein sollten. Die üble Wahrheit, als es sich herausstellte, dass der junge Afrikaner das Problem war. Rassismus, versteckt unter sorgfältig formulierten Bemerkungen. Andeutungen über Mietrückstände und kriminelle Elemente waren zu einer hasserfüllten Debatte darüber ausgeartet, was man sich in einem Mietshaus eigentlich gefallen lassen müsste.

»Ich werde wahrscheinlich einen Monat lang laute Musik hören, ehe ich mich daran gewöhnt habe.«

Sie leerte das Champagnerglas und merkte, dass die Perlen ihr zusammen mit dem Gefühl des Neuanfangs zu Kopf gestiegen waren. Sie beugte sich vor und küsste Björn auf den Mund, und er zog sie an sich. Seine Hände fassten das Gummiband um ihren Pferdeschwanz und zogen es langsam herunter.

»Wir werden es hier gut haben«, murmelte er in ihre offenen Haare. »Verdammt, was werden wir es hier gut haben. Niemand, der uns stört … wenn wir das nicht wollen.«

Er streichelte ihren Rücken und fing an, die Knöpfe ihrer Bluse zu öffnen. Mit einer gewissen Umständlichkeit zog er sein eigenes Hemd aus, ohne die Manschettenknöpfe zu berühren, die sie ihm geschenkt hatte. Ein wenig zu gewagt, ein wenig zu salopp.

Sie lagen auf dem Boden, auf Frottee und zwischen Essensresten, als sie hörten, wie an die Tür geklopft wurde. Björn hob den Kopf, als das Geräusch abermals erklang.

»Das sind vielleicht Paulssons, die uns bis hierher verfolgt haben«, sagte er gereizt.

»Mach mir keine Angst!«

»Müssen wir aufmachen?«

Sara erhob sich und strich sich die Haare glatt.

»Müssen müssen wir wohl nicht. Aber vielleicht ist es jetzt auch egal.«

Während Björn versuchte, auf dem Boden Ordnung zu schaffen, ging Sara zur Haustür. Es klopfte zum dritten Mal, und sie machte auf.

Draußen standen ein Mann und eine Frau. Der Mann war groß und trug eine Brille. Er wirkte, als wollte er um Entschuldigung bitten. Die Frau neben ihm sah gelenkig aus. Sie hatte ein hübsches herzförmiges Gesicht und Lachgrübchen in den Wangen. In den Händen hielt sie eine mit einem Handtuch bedeckte Schüssel.

»Wir wollen Sie nur willkommen heißen. Ich heiße Agneta, und das hier ist mein Mann, Lars. Ihren Mann haben wir ja schon kennengelernt. Wir haben Sie natürlich beide gesehen. Aber wir wollten nicht stören, als Sie mit den Bauarbeitern diskutiert haben.«

Sara nahm die Schüssel, die Agneta ihr hinhielt. Der Duft war köstlich und ofenwarm.

»Danke. Wie lieb von Ihnen«, sagte sie, ohne zu wissen, wie sie weitermachen sollte. Björn war dazugekommen und hatte die beiden Gäste gegrüßt. Lars sah noch immer peinlich berührt aus.

»Wir haben das Auto gesehen und angenommen, dass die Möbel später kommen. Es kann anstrengend sein, bis alles an Ort und Stelle steht. Aber wenn Sie irgendwas brauchen, dann sagen Sie einfach Bescheid. Wenn Sie eine Lampe leihen möchten oder so.«

Agneta hob etwas auf, das sie auf den Boden gestellt hatte. Eine Thermoskanne.

»Ein bisschen heißer Kaffee kann ja wohl nicht schaden.«

Sara dachte an den Topf mit Wasser, den Björn aufgesetzt hatte. Pulverkaffee. Agneta hielt ihr die Thermoskanne hin, und sie musste sie einfach annehmen und sich noch einmal für diese Freundlichkeit bedanken. Die Kanne war groß, sicher enthielt sie zehn Tassen.

Lars wollte sich schon verabschieden, als Sara Björn fragen hörte, ob die beiden nicht auf eine Tasse Kaffee hereinkommen wollten. Und sich das Resultat des ganzen Chaos ansehen, das sie von außen beobachtet hatten. Die Haufen von Baumaterial und Schutt. Die Verkehrsprobleme in der härtesten Phase der Bauarbeiten.

Lars sah skeptisch aus, folgte aber Agneta in die Diele, während Björn wegen des Mangels an Komfort um Entschuldigung bat. Sie würden sich mit dem Boden und Kerzen zufriedengeben müssen. Doch in einigen Tagen wäre alles schon standesgemäßer.

Agneta zog die Schuhe aus und ermahnte Lars, es ihr nachzutun. Sie sagte, ihr mache es nichts aus, auf dem Boden zu sitzen. Sie sei Krankengymnastin und an Übungen auf Gummimatten gewöhnt.

Im Wohnzimmer blieben sie stehen. Lars und Agneta waren großzügig mit Komplimenten. Björn erzählte von allerlei technischen Problemen und rasch gefassten Entschlüssen. Lars nickte und erwähnte ihre eigene Renovierung, die nicht so umfassend gewesen war, aber doch einiges gekostet hatte.

»Wir haben noch immer das Obergeschoss ausstehen, und das könnte dann auch so aussehen«, sagte er mit einem Blick auf seine Frau.

Agneta erklärte mit entwaffnender Offenheit, sie sei überaus neidisch. Wer so großartig geplant habe? Sara antwortete, sie hätten alles gemeinsam beschlossen, auch wenn Björn im Haus besser sei und sie selbst draußen.

Als sie die Treppe hochstiegen, wurde sie gefragt, was sie beruflich mache, und sie erzählte von ihrer neugegründeten Gartenfirma. Zum ersten Mal sah Lars lockerer aus.

»Dann kann man vielleicht über den Zaun hinweg ein wenig fachsimpeln«, sagte er. Agneta erklärte, bei ihnen sei Lars für die Gartenarbeit zuständig. Und das Buddeln und Pflanzen finde bei ihm kein Ende. Zwiebeln im Frühjahr und Beeren im Sommer und im Herbst Laubharken. Es gebe keine Maschine, die Lars nicht im Gartenschuppen stehen habe, und da halte er durchaus Ordnung.

Lars sah verlegen aus, erzählte aber, sein Vater

sei Gärtnermeister gewesen und habe den Sohn an Planung und Pflege teilnehmen lassen. Damals sei das harte Arbeit gewesen, jetzt aber eine Freistätte. In seinem Beruf ging man mit der Kundschaft nicht gerade an die frische Luft, und er genoss es, mit Körper und Händen zu arbeiten.

Sara blieb mit Lars im Badezimmer stehen und diskutierte über Rosen. Die blühten in diesem Klima hier dankbar, und wenn sie wollte, könnte er ihr Sorten empfehlen, wenn es sie interessierte, was ein Amateur zustande bringen könnte.

Agneta und Björn waren schon die Treppe hinuntergegangen, und als Sara und Lars unten eintrafen, saßen die beiden bereits auf dem Boden. Der Kaffee war in vier Tassen eingeschenkt, die beiden, die sie mitgebracht hatten, und der Doppeldeckel der Thermoskanne. Die Rosinenbrötchen waren perfekt und mit Perlzucker bestreut.

Agneta wehrte Lob über ihre Backkunst ab und schielte zu der leeren Champagnerflasche hinüber. Schließlich fragte sie, warum die beiden hier gelandet seien. Sara wollte antworten, aber Björn kam ihr zuvor.

»Vor allem Saras wegen. Das Land ist eigentlich nichts für mich.«

Agneta lächelte. Sie hob die Arme über den Kopf. Die waren muskulös, ließen an Schwimmen denken.

»Wir hatten auch diese Illusion von Idylle und Frieden. Doch dann stellt man fest, dass in einem Haus immer etwas zu erledigen ist.«

»Aber wenn alles so neu ist, dauert es doch, bis wieder Reparaturen fällig sind.«

Lars sah Sara freundlich an.

»Dieses Haus ist ja auch viel neuer. Unseres ist um einiges älter. Es hat seinen Charme, aber wie gesagt. Es nimmt nie ein Ende.«

Nun erhob sich Agneta. Sie hätten nicht vorgehabt, den ganzen Abend zu bleiben. Auch Lars stand auf und wiederholte das Angebot, sie brauchten nur zu sagen, wenn etwas fehlte.

Agneta und Lars nahmen die Schuhe in die Hand und zogen sie draußen an. Plötzlich stand die Tür sperrangelweit auf.

»Mischka!« Die Katze löste sich aus Saras Griff, aber Agneta bückte sich blitzschnell und fing sie ein. Mit geübter Bewegung hob sie Mischka hoch. Die Katze schaute verdutzt in das fremde Gesicht. Agneta drehte sich zu Sara um.

»Die ist aber schön. Was für ein phantastischer Schwanz.«

Agneta kraulte Mischka hinter dem Ohr, und die Katze fing an zu schnurren. Nur selten ließ sie sich so rasch in Schmusestimmung bringen.

»Wir haben auch eine Katze, eine norwegische Waldkatze. Graugetigert.«

»Ja, ich sehe ja, dass Sie an Katzen gewöhnt sind.«

Agneta ließ Mischka los, und Sara verscheuchte das Tier von der Tür.

»Ein Haus ohne Katze ist für mich kein richtiges Haus«, erklärte Agneta. Dann wiederholte sie ihre Danksagungen, ehe sie verschwand.

Björn hatte sich wieder gesetzt und noch ein Rosinenbrötchen genommen. »Apropos Nachbarn …«, sagte er nach einer Weile.

»Wenn die jedes Mal selbstgebackene Köstlichkeiten mitbringen, habe ich nichts dagegen.«

»Das wollte ich auch gerade sagen. Das ist der Unterschied.«

Sara setzte sich neben Björn, und er legte den Arm um sie.

»Bist du müde?«

»Ein bisschen.«

Das Haus ruhte jetzt fast in der Dunkelheit. Der Abend hatte sie eingeholt, und die vom Licht geschaffenen Schatten streckten ihre langen Finger nach den Ecken aus. Die Wörter zwischen ihnen warfen ein gedämpftes Echo.

»Es scheint kein Problem zu sein, diesen Zaun aufzustellen.«

»Schön.« Sie streckte sich auf dem Boden aus, und Björn legte sich neben sie. Ihr Rücken tat ein wenig weh.

»Ziemlich hübsch, diese Agneta.«

Sara stützte sich auf den Ellbogen. Sie fuhr mit den Fingerspitzen über Björns Augenbrauen.

»Wie schön für dich. Du kannst mit ihr über Gymnastik reden, und ich rede mit Lars über Gartenbau.«

»Ich habe nicht gesagt, dass ich viel Kontakt zu ihnen haben will. Ich habe gesagt, dass sie ziemlich hübsch ist. Aber nicht so hübsch wie du.«

Er küsste sie. Seine Hand stahl sich unter ihre Haare und liebkoste ihren Nacken, und dann wurde wieder an die Tür geklopft.

»Ja, verdammt!«

Björn ließ sie los. Er öffnete die Tür, und Sara hörte Lars' Stimme. Die Tür wurde geschlossen, und Björn kam mit einer Stehlampe in der Hand zurück. Er schob den Stecker in die Dose und drückte auf den Knopf. Das Zimmer wurde in einem begrenzten Bereich erleuchtet.

»Nett von ihnen.«

»Ja. Das schon.«

Björn machte ein nachdenkliches Gesicht. Dann erklärte er, er wolle nur die Bettwäsche holen. Er verschwand und kam mit einem Paket über dem Arm zurück.

Sara suchte die Essensreste zusammen. Sie spülte die Schüssel ab und stellte dabei Reste in den neuen und chemisch sauberen Kühlschrank. Ein plötzlicher Einfall ließ sie Björn zurufen, dass sie noch eine Runde durch den Garten drehen wollte.

Die Nachtluft war kühl. Sie wanderte durch das Gras und merkte, wie ihre Schuhe im Boden einsanken. Beim Apfelbaum streichelte sie den Stamm. Alt und vernachlässigt. Eigenes Obst würde, wie gesagt, erst in einigen Jahren möglich sein. Wenn sie den Kampf mit den Knospenmotten aufnahm.

Auf dem Steg blieb sie stehen und schaute hinaus auf das in andächtiger Stille ruhende Wasser. Björns Kommentar, dass sie hauptsächlich ihretwegen hergezogen waren, hatte ihr einen Stich versetzt. Aber es stimmte ja. Er wäre ebenso gern in der Stadt geblieben. Hätte eine neue Wohnung gekauft, mit einer Hausverwaltung, die sich um Verwaltungs- und bautechnische Angelegenheiten kümmerte. Oder auch nicht. Er hatte Witze über den Hausbesitzer Björn gerissen. Es war eine Reise, auch wenn es nur eine halbe Stunde zur Stadt war. Aber nichts war schließlich unwiderruflich.

Sie schob die Hände in die Taschen und dachte an ihre Großmutter. Lea lag wieder im Krankenhaus, das Fieber hatte zugeschlagen und ließ nicht locker. In einigen Tagen würde Sara hinfahren müssen, es machte ihr im Übrigen nichts aus.

Ein Besuch bei der Großmutter munterte sie immer auf, und Leas freimütige Lebenssicht hatte ihr mehr als einmal geholfen. Alt war sie natürlich geworden. Über neunzig Jahre, auch wenn das nicht zu glauben war. Ohne Furcht vor Gott oder den Trollen. Das sagte Lea immer, und es war zu ihrem Motto geworden.

Durch das Fenster sickerte das Licht der Lampe der Nachbarn. Das war nett von diesem Lars gewesen. Ein sympathischer Mann mit sympathischem Aussehen. Und Agneta mit ihrer nervösen Energie. Sie würden einander sicher helfen können, ohne mehr als zivilisierten Umgang miteinander zu verlangen.

Zwei Schwäne waren ein Stück weiter zu sehen, und die Mondsichel funkelte. Die Bretter des Stegs waren morsch und hätten erneuert werden müssen. An einem Haus gibt es immer etwas zu tun. Sie würden sich eins nach dem anderen vornehmen müssen. Sara atmete einige Male tief durch, dachte an den Möbelwagen und daran, alles einzuräumen.

Eine Zinkwanne in einer Ecke, gefüllt mit altem Regenwasser und Blättern, die an der Oberfläche trieben. Auf dem Grund lag etwas Dunkles. Sie ging in die Hocke und schaute durch das klare Wasser. Die Maus lag in Embryostellung da. Fell, Knopfaugen, ausgefahrene Krallen, weich gerundeter Schwanz.

So, wie sie dort ruhte, umschlossen vom Wasser, ließ nichts an einen qualvollen Tod denken. Oder an den Tod überhaupt.

3. Kapitel

Die Vögel flogen mit klagendem Schrei davon. Vielleicht waren es Wildgänse, auf dem Weg zu einem Sommer in nordischem Licht.

Sara ruhte sich auf den Spaten gestützt aus, während sie den Vögeln hinterherschaute. Mischka hatte sie ebenfalls gesehen, vermutlich lange vor ihr. Sie trampelte mit den Pfoten und schaute sich unruhig um. Sara lockte, aber Mischka fuhr zusammen und verschwand im Haus. Gleich darauf war sie hinter dem Fenster zu sehen.

Der Felsbrocken wackelte zwar, weigerte sich aber, sich aus der Erde zu lösen. Sara stemmte den Fuß dagegen, drückte und legte sich über den Spatenschaft. Der Schweiß brach ihr aus, und ihre Hüfte tat weh. Noch einmal und der Stein gab nach und kippte um. Im Loch wimmelten Würmer verwirrt von dem plötzlichen Tageslicht umher. Sara ließ sich zu Boden sinken und wischte sich mit dem Ärmel ihres Overalls über die Stirn. Was für ein Boden, den sie hier bearbeiten musste! Seit Wochen war sie schon damit beschäftigt. Schnitt und kappte, schleppte und trug, grub und rodete. Das Unkraut hatte sich als unerwartet zäh erwiesen.

Sogar der Ameisenhaufen war nur schwer zu besiegen gewesen. Starrsinnig waren die Ameisen zurückgekehrt und als schwarze Striche zu neuen Siedlungsmöglichkeiten marschiert.

Aber das meiste war doch nach Plan verlaufen. Der Möbelwagen war eingetroffen, und Björn hatte den Schlüssel zur Vitrine gefunden. Die Möbel waren eingeräumt, der Haufen von neuem Abfall war zur Müllhalde gefahren worden. Björn hatte sich an das Pendlerdasein gewöhnt, und Sara war eigentlich überaus zufrieden damit, ihrem Kampf mit der Natur überlassen zu werden.

Die Leute aus der Gegend grüßten, wenn sie spazieren ging oder in dem lokalen Laden einkaufte. Einige wenige waren auch gekommen, um sich vorzustellen, aber Lars und Agneta waren die einzigen Nachbarn, die sie schon besser kannten.

Agneta hatte ihr die Sehenswürdigkeiten der Umgebung gezeigt. Lars hatte ihr seine gesamten Gartengeräte und dazu seine eigenen Hände angeboten. Wie Sara war er ein Frühaufsteher, und es kam vor, dass sie sich auf ihren Joggingrunden begegneten. Einige Male waren sie bereits die ganze Strecke zusammen gelaufen.

Agneta hatte sie schon länger zum Essen einladen wollen, und an diesem Abend sollte es so weit sein. Ihr Haus hatten Sara und Björn schon gesehen, Sara, als sie hingegangen war, um eine Glühbirne zu leihen, Björn, der nach der nächstgelegenen Autowerkstatt fragen wollte.

Das Haus von Lars und Agneta war wirklich älter, und der alte Stil war erhalten geblieben. Viel

Zeit war auf die Einrichtung verwendet worden. Agneta hatte erzählt, dass sie gern bei Auktionen herumstöberte. Davon gab es viele in der Gegend, und wer sich dafür interessierte, brauchte nur die Augen offenzuhalten.

Mit anderen Worten war alles, wie es zu erwarten gewesen wäre. Wäre da nicht Alexander gewesen, der Kater von Lars und Agneta.

Schon am Tag nach ihrem Einzug hatte Sara den Nachbarskater gesehen. Als sie sich von dem harten Lager erhob, das sie und Björn sich auf dem Schlafzimmerboden bereitet hatten, war ihr aufgefallen, dass Mischka vor dem Fenster saß und hinausstarrte.

Sie war hingegangen und hatte einen fremden Kater über ihr Grundstück laufen sehen, als ob ihm alles gehörte. Sein Fell war graugetigert und sträubte sich am Kopf. Ein Katzenlöwe, der sich sorglos auf ihrem Rasen niederließ, um ein Vogeljunges zu bedrohen, ehe er zum Steg weiterstolzierte.

Sara und Björn brauchten eine Weile, um zu verstehen, dass der Kater Agneta und Lars gehörte, dass es der Kater war, den Agneta erwähnt hatte. Und dass ihr eigenes und die Grundstücke mehrerer Nachbarn offenbar zu Kater Alexanders selbstverständlichem Revier gehörten.

Anfangs hatten sie nicht sonderlich viel darüber nachgedacht. Nach einer Woche hatte Sara Mischka an einer Laufleine mit hinausgenommen und war mit ihr umhergewandert. Einige Tage darauf ließ sie sie frei laufen. Mischka war den Auslauf gewöhnt und tauschte mit sichtlicher Zufriedenheit ihr frischrenoviertes Gefängnis gegen die freie Natur.

Zunächst blieb Mischka nur kurz draußen. Dann war die Katze eines Abends plötzlich verschwunden. Sara hatte gerufen und gesucht, zwang sich dann aber, zu Bett zu gehen. Nicht, dass es einen Grund zur Unruhe gegeben hätte. Mischka war nicht zum ersten Mal über Nacht verschwunden. Saras Katze war keine schlechte Jägerin und konnte sich ihre Nahrung selbst beschaffen.

Aber hier war alles neu – Gerüche, Wege und Menschen. Und die Vorstellung, dass Mischka sich verirrt haben und irgendwo unter einem Baum sitzen könnte, ohne den Weg nach Hause zu wissen, ließ Sara nachts keinen Schlaf finden. Björn schlief friedlich neben ihr, ungerührt in seiner Überzeugung, dass eine Katze mehr Leben hatte, als sie brauchte.

Gegen sechs Uhr morgens glaubte Sara, ein Jammern zu hören. Sie ging zur Haustür und fand dahinter Mischka, die sich an die Wand drückte. Ein Stück weiter stand der Katzenlöwe von Lars und Agneta.

Mischka kam ins Haus gelaufen und versteckte sich unter einem Sofa. Dort blieb sie dann mehrere Stunden lang sitzen und ließ sich nicht einmal von ihrem Fressnapf locken. Am Ende gelang es Sara aber sie hervorzulocken. Verletzungen entdeckte sie nicht, auch wenn das Fell an einigen Stellen verfilzt war. Mit der Bürste glättete sie alles sorgfältig, während Mischka fauchte und sich an ihrem Knie rieb.

Mischka war sterilisiert, und Sara ging davon aus, dass Alexander kastriert war. Sympathie zwischen den beiden war offenbar nicht entstanden, und der Grund war nicht misszuverstehen. Alexander hatte lange Zeit auf ihrem Grundstück frei herumstreifen können. Sie konnten also nicht davon ausgehen, dass der Kater Mischka so ohne weiteres in seinem Revier duldete. Aber die Natur würde sicher ihren Gang gehen, und die Gegend war groß genug für beide.

Das hatte Sara zunächst geglaubt. Eine törichte Vorstellung. Mischka wagte zwar einige Tage später, als Sara unten am See den Boden bearbeitete, einen neuen Versuch auf das Grundstück zu gehen. An diesem Tag war auch nichts passiert. Auch nicht am folgenden. Am dritten Tag aber hatte Sara hinter der Hausecke ein wütendes Fauchen gehört. Als sie hinlief, sah sie Alexander mit gebleckten Zähnen über Mischka liegen.

Sara war zu dem Fellgewirr aus zwei Katzen gestürzt, aber ehe sie etwas unternehmen konnte, ließ Alexander Mischka los und rannte davon. Mischka ihrerseits jagte zur Haustür und verlangte lauthals, eingelassen zu werden. Seither hatte sie das Haus nicht mehr verlassen wollen.

Der Hausarrest tat ihr nicht gut. Mischka konnte jetzt mitten in einer Liebkosung zubeißen. Tagsüber saß sie am Fenster und schaute sehnsüchtig hinaus, aber es war unmöglich, sie aus dem Haus zu locken. Mischka wehrte sich und klagte, wenn sie hinausgetragen wurde. Alexander streifte noch immer auf dem Grundstück herum.

Björn und Sara hatten überlegt, ob sie mit Agneta und Lars sprechen sollten, diesen Gedanken aber wieder aufgegeben. Es lag doch auf der Hand, dass sie nicht verlangen könnten, Alexander einzusperren, damit er bessere Manieren lernte. Die einzige Möglichkeit war, ihm solche Angst davor zu machen, auf ihrem Grundstück herumzulaufen, dass er darauf verzichtete.

Heimlich hatten Sara und Björn Wassereimer

gefüllt und an strategischen Stellen aufgestellt. Wenn der Nachbarskater vorbeikam, sollte das kalte Nass ihn veranlassen, sich angenehmere Jagdgründe zu suchen. Sara konnte ihn einmal treffen, und Björn hatte einige Male im richtigen Augenblick zum Gartenschlauch greifen können. Doch der Sieg war nie von langer Dauer. Alexander jagte zwar sofort davon, am nächsten Tag war er aber schon wieder da.

Ein eigentlich belangloses Problem wurde nun langsam zu einer echten Belastung. Mischka, seit mehreren Jahren stubenrein, erledigte ihre Bedürfnisse jetzt überall im Haus. Ihrer Katze ging es nicht gut. Global gesehen war das keine Katastrophe, aber der Alltag wurde schwieriger.

Sara beugte sich gerade wieder über den Spaten, als sie Alexander mit hocherhobenem Schwanz auf sich zukommen sah. Sie packte einen Stein und warf. Der Stein verfehlte sein Ziel. Alexander blieb stehen, starrte sie an und lief dann weiter zum Wasser.

Aber verdammt, er sollte doch auf ihrem Grundstück nicht machen dürfen, was er wollte! Sara ließ den Spaten los und wollte das Untier gerade wegjagen, als sie Agneta kommen sah.

Es war ein ziemlich warmer Tag, und Agneta sah frühlingshaft aus in ihrem geblümtem Kleid, dünnen Stiefeln und einem Mantel. Sara fragte sich, ob Agneta gesehen hatte, wie sie den Stein geworfen hatte. Agneta war hitzig, das hatten Sara und Björn schon verstanden. Und sie liebte ihren Kater. Aber sie lächelte, als sie auf Agneta zukam.

»Hoi, du bist aber beschäftigt!«

Plötzlich fühlte Sara sich noch schmutziger und verschwitzter als vorhin. Ihre Hände mit den Trauerrändern standen in scharfem Kontrast zu denen der Nachbarin.

»Ja, hier ist eine Menge zu tun.«

»Betrachte es als Training. Davon bekommt man wunderbare Muskeln.«

»So muss ich das wohl sehen.«

Agneta betrat den Rasen.

»Und du bekommst so eine schöne Gesichtsfarbe. Du siehst schon sonnengebräunt aus.«

»Das fällt mir leicht. Das habe ich von meiner Mutter geerbt. Die kam aus der Türkei.«

»Daher hast du also deine wunderschönen Haare. Und die dunklen Augen.«

Sara wusste nicht, was sie antworten sollte. Agneta blickte sich um.

»Es ist phantastisch, was du schon geschafft hast«, stellte sie nach einer Weile fest. »Bisher hat sich noch nie jemand für diesen Garten interessiert. Aber was rede ich da! Ich tu in meinem ja auch nichts.«

Sie redete gerade über den Apfelbaum, als Alexander über eine Mauer gewandert kam. Sara überlegte, ob Agneta etwas sagen würde oder ob sie selbst die Anwesenheit des Katers kommentieren sollte. Aber Agneta schien ihr Haustier kaum zu bemerken. Sie sprach jetzt über den Abend und das gemeinsame Essen.

Lars freute sich schon lange darauf. Er wollte über Pflanzen sprechen. Er schaute übrigens oft zu, wenn Sara im Garten arbeitete. Da könne er noch einiges lernen, wie er mehrmals bemerkt hatte.

Sara wollte gerade etwas über Lars' gut ausgerüsteten Werkzeugschuppen sagen, als Agneta ihr zuvorkam.

»Aber da ist noch etwas.«

Sie öffnete ihre Tasche und zog ein aufgerolltes Stück Stoff mit Spitzen hervor.

»Ich dachte, das könntest du brauchen.«

Sara nahm das Stoffstück entgegen. Eigentlich mochte sie es mit ihren erdigen Händen ja nicht anfassen, aber es auf den Boden zu legen, wäre auch keine Alternative.

»Was ist das?«

»Euer Badezimmerfenster. Das ist direkt auf uns gerichtet. Wir haben also freien Einblick, wenn ihr dort duscht oder euch bewegt. Ich habe einen Vorhang mitgebracht …«

»Ich glaube kaum …«

»Es ist bestimmt angenehmer für Björn und dich zu wissen, dass niemand euch beobachtet, wenn ihr im Badezimmer seid. Und für mich und Lars ist es auch besser so.«

Die Betonung auf »Lars« war deutlich. Sara schaute Agneta in die Augen. Ihre Wangen wurden heiß. Sie öffnete den Mund zum Widerspruch, aber Agneta lächelte ein Lächeln, das nichts mit Wut oder Eifersucht zu tun zu haben schien.

»Dann bis heute Abend. Und wenn du Hilfe brauchst, um all die Äste da zu entfernen, können wir das am Wochenende zusammen machen.«

Mit diesen Worten ging sie zu ihrem Auto zurück. Gleich darauf fuhr es mit einem ungeduldigen Ruck an. Sara sah es hinter der Wegbiegung verschwinden. Dann drehte sie sich zur Mauer um. Alexander war ebenfalls verschwunden. Aber Mischka saß noch hinter dem Fenster und sah traurig aus.

Rasch knüllte Sara den Spitzenstoff zusammen. Sie hätte ihn fast in das frischgegrabene Loch geschleudert, überlegte sich die Sache aber anders. Es wäre doch besser, abends mit Björn darüber zu reden.

4. Kapitel

»Er sieht mich einmal. Er sieht mich zweimal. Beim dritten Mal muss es doch langsam langweilig werden, oder?«

»Ich glaube, ganz so läuft das nicht.«

Sie nahm das Bier, das Björn ihr hinhielt, und trank so eilig, dass sie husten musste. Schließlich meinte sie, dass sie das alles reichlich unangenehm fand.

»So darfst du das nicht sehen. Das war vielleicht nur gut gemeint.«

»Gut gemeint? Nie im Leben hänge ich diesen Vorhang auf.«

»Aber vielleicht etwas anderes, das dir gefällt.«

»Du meinst doch wohl nicht, dass wir da nachgeben sollen? Ich will den Ausblick jedenfalls nicht versperren.«

Björn gab keine Antwort. Mischka strich an ihren Beinen vorbei und legte sich dann auf den Boden.

»War sie heute draußen?«, fragte er endlich.

»Nein. Sie hat nur aus dem Fenster geglotzt. Auf Alexander, der im Garten war, als ob nichts passiert wäre. Ich habe versucht, ihn wegzujagen, aber das hat nichts gebracht.«

»Wir finden eine Lösung.«

Björn streckte die Hand aus und nahm ihre. Sie zog die Hand sofort zurück.

»Und es war ja wohl total unnötig, den Vorhang hier anzuschleppen, wo wir heute Abend zu ihnen gehen. Es ist ein komisches Gefühl, jetzt zu wissen, dass Agneta sich ärgert, weil Lars mir beim Duschen zusieht. Falls er das überhaupt tut.«

»Hör jetzt auf.«

Björn stellte seine Flasche mit einem Knall auf den Tisch.

»Du hast selbst gesagt, dass Agneta nicht sauer zu sein schien. Vielleicht möchte sie wirklich nur vorbeugen. Stell dir vor, du schaust irgendwann aus dem Fenster, und da steht Lars. Dann würdest du dir blöd vorkommen, weil dir aufgeht, dass er dich vielleicht seit Monaten beobachtet. Jetzt braucht dir nichts peinlich zu sein.«

Er verließ sie mit der Ermahnung sich fertigzumachen, damit sie nicht zu allem Überfluss zu spät zum Essen kommen würden. Sara schaute ihm verständnislos hinterher. Peinlich? Nie im Leben. Was hatte ihre Großmutter noch immer gesagt? Peinlich sein sollte sich jeder selbst. Das ging niemand anderen etwas an.

Gereizt ging sie deshalb die Treppe hoch und ins Badezimmer, wo sie ihre Kleider fallen ließ und unter die Dusche trat, ohne einen Blick aus dem Fenster zu werfen. Mit einem um den Leib gewickelten Handtuch machte sie sich bereit, ohne sich sonderlich um Make-up oder Frisur zu kümmern. Vor dem Kleiderschrank zögerte sie, dann nahm sie eine saubere Jeans und eine rote Bluse heraus.

Björn hatte eine elegante Hose und ein weißes Hemd angezogen. Er ließ seinen Blick über sie wandern und sagte, sie sehe gut aus. Sara gab keine Antwort, sondern ging in die Küche und holte das Blumengesteck, das sie zusammengestellt hatte. Mischka stand in der Türöffnung und sah sie vorwurfsvoll an, als sie aufbrachen.

Schweigend gingen sie zum Nachbarhaus. Die Tür wurde geöffnet, und Lars empfing sie mit einer Schürze bekleidet. Er trug unter der rosagestreiften Schürze ein Sakko. Er umarmte Sara und nahm die Blumen in Empfang. Dann gingen sie weiter in die Küche, wo der Tisch mit weißer Decke und Besteck gedeckt war.

Agneta nahm Porzellan aus der Spülmaschine und stellte dampfende Teller auf den Tisch. Dann hieß sie die Gäste willkommen. Nichts ließ annehmen, dass die früher am Tag stattgefundene Unterhaltung dieses abendliche Treffen beeinflussen würde.

Lars brachte ein Tablett mit vier Gläsern. Der Cocktail schmeckte gut, und Sara hörte Björn nach den Zutaten fragen. Sie wünschte, sie hätten einander wenigstens angelächelt, ehe sie losgegangen waren. Über alles gelacht.

Björn war sich sicher. Die Sache von vorhin brauchte keine Bedeutung zu haben. Agneta nahm weitere Gläser aus der Spülmaschine und machte Sara ein Kompliment für ihre Bluse. Sie trug Gummihandschuhe. Lars fragte Sara, ob sie mit den Steinen fertig geworden sei. Agneta rief quer durch den Raum, er solle die Vorspeise bringen, und bald saßen sie vor ihren Weingläsern und dem kunstfertig arrangierten Essen auf ihren Tellern.

In hohen Leuchtern brannten Kerzen. Agneta trug ein schönes Kleid, und um ihre Augen glitzerte es. Sara brach das plötzlich entstandene Schweigen.

»Was für phantastisch guter Wein!«

»Wir fanden, der könnte zu heute Abend passen.«

Lars sah froh aus. Agneta kostete die Vorspeise, und Sara wollte wissen, ob die schwer herzustellen sei.

»Die hier? Nicht sehr.«

»Kochst du gern?«

»Ab und zu. Für Lars spielt es keine Rolle, ob man Würstchen mit Kartoffelbrei oder etwas Exklusives auftischt. Er isst alles und schluckt es hinunter und sagt, es schmecke gut.«

»Aber ich finde das eben. Dass alles gut schmeckt.«

Lars sah seine Frau hilflos an.

»Aber du kannst nicht behaupten, du hättest einen hochentwickelten Geschmack. Du bist doch mit keinerlei Esskultur aufgewachsen. Bei euch zu Hause waren nur Kaffee und Kuchen wichtig.«

Agneta wandte sich an Björn, als sie nun erklärte, dass Lars aus einem freikirchlichen Milieu stamme. Dort war der Kirchenkaffee für die kulinarischen Ausschweifungen zuständig.

»Ich habe Baptisten in der Verwandtschaft. Aber die interessieren sich trotzdem für Essen.«

Der Kommentar, mit spitzem Unterton, rutschte Sara einfach so heraus. Lars sah sie dankbar an.

»In meiner Verwandtschaft habe ich Missionsverbandsleute. Aber das ist sicher so ungefähr dasselbe.«

»Freifrömmler sind Freifrömmler.«

Agneta war aufgestanden und räumte mit energischen Bewegungen ab. Björn versuchte ihr zu helfen, wurde aber freundlich auf seinen Platz verwiesen.

»Fang jetzt nicht wieder an.«

Lars sah seine Frau resigniert an. Agneta antwortete mit dem Rücken zu ihm, er solle doch sagen, was er wolle. Ihr sei es egal, welcher Freikirche seine Verwandtschaft angehörte. Sie könne die ohnehin nicht auseinanderhalten.

Sie öffnete den Backofen, und ein wunderbarer Duft breitete sich in der Küche aus. Agneta machte die Portionen zurecht. Björn trat trotz ihrer Proteste neben sie und ging ihr zur Hand. Lars sah Sara an.

»Bist du auch in der baptistischen Bewegung aktiv?«

»Nein, das kann ich nicht gerade behaupten. Auch wenn ich gern ab und zu in die Kirche gehe, und sei es nur, um einen ruhigen Moment zu haben.«

»Das klingt für mich sehr vertraut. Ich singe in

verschiedenen Kirchen. Die Musik habe ich von zu Hause mitgebracht, da waren immer viele, die sangen und spielten. Hast du Verwandte, die sich mehr engagieren?«

»Vor allem meine Großmutter. Sie hat ihr ganzes Leben in der baptistischen Bewegung gearbeitet. Vor allem als Missionarin.«

»Wie spannend. Wo war sie denn stationiert?«

»In Afrika. Und in China.«

Lars stellte weitere Fragen, und Sara erzählte von Leas Aufenthalt in China, über die Reise gleich nach Ausbruch des Zweiten Weltkriegs, über die Strapazen, bis sie ihre Station in Qingdao erreicht hatten, über die Sprachstudien. Die Arbeit bei den Chinesen, die Armut, die unterdrückten Frauen, die Kriegsnöte, zuerst im Weltkrieg, dann im Bürgerkrieg.

Sie holte Atem und wusste nicht so recht, ob sie von dem entsetzlichen Geschehnis erzählen sollte, das das Leben ihrer Großmutter verändert hatte. Aber ehe sie etwas sagen konnte, hatten Agneta und Björn neue Teller vor sie hingestellt. Fisch, Zuckererbsen, ein wenig Soße.

Agneta wehrte ab, als sie noch ein Kompliment bekam. Sie bat Lars, neuen Wein aus dem Keller zu holen. Björn hob das Glas, und Agneta wollte wissen, was sie über Missionarinnen gesagt hätten.

»Ich habe Lars von meiner Großmutter erzählt. Sie war Missionarin in China.«

»Du meine Güte. Ja, wir sind ja alle so verschieden. Aber ich finde diese Vorstellung einfach wahnsinnig. Loszufahren und Leuten zu predigen, die schon eine Religion haben. Oft ging es ja wohl auch nicht darum, den Glauben zu verbreiten, sondern um sich politischen Einfluss zu verschaffen. Und Zugang zu Rohstoffen und billiger Arbeitskraft.«

Sara überlegte, ob sie widersprechen sollte. Das sagen, was sie oft sagte, wenn es um dieses Thema ging, dass es natürlich Unterschiede gab. Dass man natürlich das ganze Konzept der Mission hinterfragen könnte. Aber dass ihre Großmutter und ihre Glaubensgenossen oft unter Lebensgefahr großen humanitären Einsatz geleistet hatten. Dass diese Frage mehr verdient habe als abwertende Verallgemeinerungen.

»Mission ist nicht gleich Mission«, antwortete sie endlich. »Ich bin natürlich von den Erfahrungen meiner Großmutter und ihren Berichten geformt. Sie ist großartig, und ich weiß, was sie getan hat, entsprang echter Überzeugung.«

Agneta stützte die Ellbogen auf den Tisch und legte das Kinn in die Hände.

»Ich verstehe, dass du zu deiner Großmutter hältst. Was man als Kind hört, glaubt man schließlich. Aber deshalb ist es noch keine Wahrheit.«

Björn schaltete sich ins Gespräch ein.

»Saras Großmutter ist ein echtes Prachtweib. Was sie getan hat, hat sie ohne Hintergedanken getan.« Agneta schüttelte den Kopf, ohne zu antworten. Sorgfältig schob sie das Essen auf ihrem Teller zusammen und hob die Gabel an den Mund. Sara merkte, wie eine Gräte in ihrem Hals stecken blieb. Sie nahm ein Stück Knäckebrot. Plötzlich sprang Lars auf. Als er zurückkam, hatte er Alexander hinter sich. Der Kater stolzierte selbstbewusst zu seinem Fressnapf.

Agneta beobachtete den Kater, und ihr Lächeln war jetzt nicht mehr ironisch, sondern liebevoll.

»Prachtvolles Tier«, sagte Björn vorsichtig. Er hatte sich auf dringliches Zureden noch eine Portion genommen.

»Ja, das ist er. Aber das ist eure Katze auch.«

»Das schon.«

»Alexander ist ein phantastischer Jäger. Wie ist das mit eurer Katze?«

»Mischka hat viel gejagt. Früher.«

Sara begab sich jetzt in ein Minenfeld. Björn warf ihr einen warnenden Blick zu.

»Wie meinst du das?«

Sara starrte Agneta in die Augen.

»Mischka traut sich nicht aus dem Haus.«

»Ach? Na, das findet sich sicher. Lars, kannst du mir beim Abräumen helfen?«

Mit keiner Miene hatte Agneta gezeigt, dass sie verstanden hatte, was das Problem war. Oder es war ihr egal. Aber was hätte sie auch sonst tun sollen? Nichts. Man konnte sich nicht darüber beklagen, dass die Nachbarskatze frei herumlief. Aber über die Vorhänge der Nachbarn oder deren Nichtvorhandensein konnte man meinen, was man wollte.

Sara fragte nach der Toilette. Lars führte sie hin und bat sie, die Treppe hochzugehen. Die Toilette oben sei größer und komfortabler. Oben angekommen legte er ihr die Hand auf den Arm,

»Sie meint es nicht so böse, wie es klingt. Das mit den Missionen. Ich habe diese Diskussion schon häufiger mit ihr geführt.«

»Ist schon gut.«

»Sie hat sich auf diesen Abend gefreut. Und sie ist wirklich froh darüber, dass ihr hergezogen seid. Das hat sie erst gestern gesagt. Aber Agneta ist eine Pedantin. Alles muss perfekt sein. Du hast ja das Porzellan gesehen. Sie spült immer, ehe die Gäste kommen, obwohl es sauber ist. Die Vorstellung, dass ihr euch vielleicht nicht richtig willkommen fühlen könntet …«

»Lars!«

Agnetas Stimme war im ganzen Haus zu hören. Lars lief die Treppe hinunter, und Sara ging ins Badezimmer. Sie schaute aus dem Fenster, zu ihrem eigenen Haus hinüber. Das Badezimmerfenster war als schwarzes Viereck zu sehen. Hier stand also angeblich Lars und sah ihr beim Duschen zu. Lars mit seiner unmodernen Brille und seiner Unsicherheit und seinem deutlichen Wunsch, seiner Frau gefällig zu sein.

Sie sah sich den Vorhang vor dem Badezimmerfenster von Lars und Agneta an. Der war mit Spitzen besetzt. Genau wie der, den sie bekommen hatte. Sie fasste den Vorhang an und stellte fest, dass der feucht war. Rasch zog sie die Hand zurück und verließ das Zimmer.

Unten in der Küche war der Nachtisch serviert worden. Mit einer überflüssigen Bitte um Entschuldigung lief sie zum Tisch und wäre fast über Alexander gestolpert.

Sie lag neben Björn und hörte ihn sagen, es sei doch ein netter Abend gewesen. Gemütlich und entspannt. Keine Probleme, genau wie er gesagt habe.

»Und sie haben wirklich ein schönes Haus. Nicht unser Stil. Aber konsequent.«

»Agneta hat erzählt, sie hätten einiges an Geld in die Renovierung stecken können, weil sie das Haus so billig kaufen konnten.«

»Wann hat sie das gesagt?«

»Als du oben im Badezimmer warst.«

Björn lag auf dem Rücken und starrte zur Decke hoch. Sie schmiegte das Gesicht an seine Brust, und er spielte ein wenig zerstreut mit ihren Haaren.

»Und warum war es so billig?«

»Weil es eine ziemlich wilde Geschichte hat. Die Leute sind abergläubischer, als man glaubt.«

»Was war denn los?«

Björn schaute noch immer zur Decke hoch.

»Jetzt erzähl schon!«

»Meine Güte, du bist ja plötzlich lebhaft! Also, irgendwann in den Fünfzigern ist jemand ertrunken. Im Haus von Lars und Agneta lebte ein Paar, der Mann war Sänger. Dann zog eine Familie in unser Haus ein. Sie war Künstlerin und hatte ihr eigenes Atelier, wo sie große Bilder malte. Naturmotive, offenbar ist sie ziemlich bekannt. Er war Geschäftsmann. Und jedenfalls gab es dann so ein Techtelmechtel zwischen der Malerin und dem Sänger.«

»Erzähl weiter.«

»Alles eskalierte bei einem Fest an einem Sommerabend. Es kam zu einer Szene, die damit endete, dass die Malerin von ihrem Mann im Wald fast umgebracht worden wäre. Sie rannte zum Wasser und schwamm los, um ihm zu entkommen. Aber er nahm sich ein Boot und ruderte hinterher. Als er sie eingeholt hatte, ist er angeblich mit dem Boot um sie gekreist. Immer wieder im Kreis, bis sie nicht mehr schwimmen konnte und sie unterging und ertrank.«

»Wie grauenhaft.«

»Der andere Mann hatte vom Strand aus offenbar alles gesehen. Vielleicht versuchte er zu ihr zu schwimmen. Oder er begriff, dass es keinen Zweck hätte. Das wussten weder Lars noch Agneta. Aber der Geschäftsmann wurde nie bestraft. Es konnte ja niemand etwas beweisen. Die Aussage des Sängers war nicht genug, der war angetrunken gewesen und der einzige Zeuge.«

Sara zog die Decke enger um sich zusammen.

»Was ist dann passiert?«

»Der Geschäftsmann verschwand, und das Haus wurde verkauft. Und wieder verkauft. Niemand scheint es sehr lange hier ausgehalten zu haben. Und auch der Sänger und seine Frau sind offenbar ziemlich bald weggezogen.«

»Wir wohnen also in einem Haus, in dem jemand schöne Landschaftsbilder gemalt hat? Und niemand hat uns etwas gesagt?«

»Es ist ja schon lange her. Und wir haben uns auch nicht nach früheren Besitzern erkundigt.«

Björn drehte sich um und knipste die Lampe aus. Bald spürte sie einen warmen Körper an ihrem eigenen. Sie atmete seinen Duft ein und glaubte, Salz und Sand zu spüren. Langsam ließ sie die Hand über seinen Rücken wandern, hielt beim Kreuz inne und drückte ihn an sich. Seine Hände suchten unter ihrem Nachthemd, und sie streckte die Arme aus, damit er es ihr ausziehen könnte. Dann tauchte sie in den Wellen unter.

»Absolut.«

5. Kapitel

»Gib mir einen Rat.«

»Du hast dich doch nie gefürchtet, Sara. Also tu jetzt nicht so, als ob das anders geworden wäre.«

Dankbar sah sie ihre Großmutter an. Der Duft von gemahlenen Kaffeebohnen füllte das Zimmer, das Lea im Pflegeheim bewohnte. An der Wand hing das Bild mit den Fischen, und in der Ecke stand die Truhe aus China mit dem mit einer Begräbnisszene bemalten Deckel.

Bei Lea stellten die Infektionen sich immer wieder ein. Aber dass die Großmutter die aufgezwungene Muße hasste, war nicht zu übersehen. Noch immer sah sie aus, als könnte sie alles stehen und liegen lassen, wenn sie nur hier wegdürfte.

Sie sah auch nicht sonderlich krank aus. Das rote Kleid gab den Wangen Farbe, und sie hatte die Haare hochgesteckt. Der Blick, mit dem sie ihre Enkelin musterte, war erfüllt von Mitgefühl und Fürsorge.

»Hübsch wie immer, aber übermüdet. Gräbt im Boden und anderen Dingen. Aber wer bin ich, dass ich Ruhe und Muße predigen dürfte.«

»Ich dachte doch, das würde ich bekommen. Ruhe und Muße. Das Haus ist gekauft und renoviert, und Björn und ich sind jetzt glücklich.«

»Aber dann taucht im Paradies eine Schlange auf.«

Sara stellte vorsichtig die Tasse auf die Untertasse.

»Ich weiß ja nicht, ob Schlange die richtige Bezeichnung ist.«

Die Großmutter lachte schallend, als Sara von dem Vorhang mit den Spitzen erzählte, und sagte, das erinnere sie an ihre mühselige Arbeit als Hausmädchen in Göteborg während des Ersten Weltkriegs. Mit einem Hausherrn, der glubschte, und seiner Frau, die versuchte, den Mädchen das Leben sauer zu machen.

Sara machte sich noch immer Sorgen um Mischka, die Auslaufkatze, die sich jetzt in eine unzufriedene Hauskatze verwandelte. Dazu kam die Diskussion über Freikirchen und Mission.

»Aber nach dem Essen dachte ich, alles würde sich beruhigen. Ich habe den Vorhang nicht aufgehängt, aber wir haben ein Bild ins Fenster gestellt. Dann wollte ich eines Morgens joggen. Lars kam gleichzeitig aus dem Haus, und wir liefen zusammen los. Nach der Runde fragte er, ob wir uns für den nächsten Morgen verabreden sollten. Wir müssen doch weiter solche Morgenmenschen bleiben, sagte er.

In diesem Moment kam Agneta dazu, und als sie uns sah, wurden ihre Augen ganz schwarz. Sie brüllte Lars an und würdigte mich keines Blickes. Später an diesem Nachmittag, als ich vom Einkaufen zurückkam, lag Abfall auf unserem Grundstück. Wir bauen einen neuen Zaun, und die Nachbarn waren damit einverstanden. Aber plötzlich waren etliche alte Bretter, die auf dem Weg gelegen hatten, auf unseren Rasen geworfen worden.

Ich weiß, dass sie es war. Aber als ich ihr am nächsten Tag begegnete, war sie wieder reizend. Und die Bretter hat sie natürlich mit keinen Wort erwähnt.«

»Und du hast natürlich keinen Mucks gesagt.«

»Nein. Ich wollte die Lage nicht noch schlimmer machen. Streng genommen habe ich ja keine Beweise.«

»Das mit Nachbarn ist immer besonders schwierig. Meine Mutter hat oft einen Spruch für mich aufgesagt, als ich klein war. ›Meine Kinder sind schöne Kinder, mit runden Augen wie die einer Katze. Die Nachbarskinder sind hässliche Kinder, mit schmalen Augen wie die eines Schweins.‹ Und seit damals scheint sich nichts verändert zu haben. Hmmmmm.«

Großmutters Summen konnte alles bedeuten. Sara schenkte nach, und sie tranken schweigend. Die Uhr schlug einige Male blechern, und auf dem Gang waren rasche Schritte zu hören.

»Glaubst du, ihr Kerl schmachtet dich an?«

»Das habe ich mir auch schon überlegt. Aber zwischen mir und Lars läuft nichts. Abgesehen davon, dass wir beide Morgenmenschen sind und dass er sich auch für Gartenarbeit interessiert. Aber er ist alles andere als ein Casanova. Sie dagegen ist reizend und charmant, wenn sie will. Das findet Björn auch. Wenn hier also jemand eifersüchtig sein sollte, dann ich. Oder Lars.«

»Dazu bist du zu klug. Eifersucht hat nichts mit gesundem Menschenverstand zu tun. Nur mit Angst. Aber feige Frauen sind verlorene Frauen. Ich habe gerade ein Mädel kennengelernt, dessen Schwiegermutter auch hier wohnt. Total weggetreten, aber lustig, die Schwiegermutter, meine ich. Die Schwiegertochter und ihr Mann besuchen sie manchmal.

Der Mann hat kaum Interesse am Kontakt mit seiner Mutter, und diese arme Frau versucht das alles auszugleichen. Eigentlich hat sie Ähnlichkeit mit dir. Ist eigensinnig und starrköpfig. Aber er hat sie durch seine Krankheit und seine schlechte Laune unterdrückt. Ich versuche, so gut es geht mit ihr zu reden. Ihr klarzumachen, dass sie nicht mit einem Mann leben kann, der die ganze Zeit ihr Tun und Lassen verurteilt.«

Lea streckte die Beine aus. Ihre kleinen Füße steckten in eleganten Schnürstiefeln. Sara hatte ihre Großmutter nie in hässlichen oder ungepflegten Schuhen gesehen.

»Wie verhält er sich, dieser Mann?«

»Er will wissen, wann sie kommt und wann sie geht. Er ist wegen jeder Kleinigkeit sauer und kann es nicht ertragen, wenn sie sich amüsiert, jedenfalls nicht ohne ihn. Eine Sorte, von der ich viel zu viele gesehen habe. Aber diesmal kann ich weder zur Bibel noch zum Gewehr greifen.«

Lea stand auf und kam mit einem mit Seide bezogenen Rohr zurück, das sie sich ans Auge hielt. Sie drehte das Rohr und reichte das Kaleidoskop dann an Sara weiter. Vorsichtig folgte die dem Beispiel ihrer Großmutter, sah, wie die glitzernden Fragmente verschwanden und in ständig wechselnden Mustern zurückkehrten.

Kontrolle. Genau so kam es ihr vor. Als ob jemand sie beobachtete. Im Haus. Im Garten. Im Schlafzimmer. Im Bett, wenn sie schlief.

»Das ist noch nicht alles. Das sehe ich dir an.«

»Es hört sich so wahnsinnig an, dass ich nicht weiß, wie ich es sagen soll. Es ist auch nicht sonderlich schmeichelhaft.«

»Wahnsinniges kann erfrischend sein, und ich glaube, wir kommen ohne Schmeichelei aus, du und ich.«

Dankbar sah sie ihre Großmutter an. Lea, die immer da gewesen war, wenn ihre Eltern nicht gekonnt oder nicht gewollt hatten. Sara zupfte ein wenig an der Tischdecke herum, nahm ein Plätzchen in die Hand und holte tief Atem.

»Es war gestern Morgen. Mischka war wild. Sie hatte wieder auf den Fußboden gemacht. Als ich aufwischte, kam sie hervor. Ich streichelte sie, und sie biss mich so sehr, dass es blutete.

Ich war schrecklich traurig und Björn sah das. Er sagte nichts, sondern ging hinaus in den Garten. Dann hörte ich, wie das Auto anfuhr. Ich dachte, er sei zur Arbeit gefahren und habe mich nicht stören wollen. Dann riss ich mich zusammen und versuchte im Garten zu arbeiten. Versuchte diesen verdammten Bretterhaufen zusammenzutragen. Gott sei Dank ließen die Nachbarn sich nicht blicken. Björn kam zurück, und nach dem Essen sagte er, er müsse mir ein Geständnis machen.«

»Und was war das?«

»Der Nachbarskater war vorbeigekommen, als Björn gerade den Kofferraum öffnete, um seine Sporttasche hineinzustellen. Und in einem wahnsinnigen Augenblick hatte er den Kater eingefangen, in die Tasche gestopft, den Reißverschluss zugezogen und den Kofferraum geschlossen. Er war in die Stadt und dann noch weiter zu einem abgelegenen Waldstück gefahren.

Der Kater hat weder verängstigt noch wütend gewirkt, als Björn ihn freiließ. Björn sagte, das sei fast unheimlich gewesen. Er sprang ins Auto und fuhr schweißgebadet davon.«

»Das kann ich mir vorstellen. Aber da hat er rasch gehandelt.«

Das Gesicht der Großmutter zuckte. Vermutlich musste sie sich alle Mühe geben, um das Lachen zu unterdrücken.

»Zuerst war ich einfach entsetzt. Es ist trotz allem nicht die Schuld des armen Katers. Man kann doch von einem Tier kein moralisches Verhalten erwarten. Und stell dir vor, irgendwer hätte das gesehen. Aber Björn versicherte, er sei ganz allein auf dem Weg gewesen und Lars' und Agnetas Auto habe auch nicht dagestanden.

Und plötzlich war ich so erleichtert, trotz aller Schuldgefühle. Mischka würde wieder freien Auslauf haben. Alles würde besser werden. Sicher würde Alexander von irgendwem gefunden werden und ein neues Zuhause bekommen. Und zu meiner Schande muss ich gestehen, dass mir die Gefühle von Lars und Agneta in diesem Moment egal waren.

Björn und ich tranken ein Glas Wein. Wir waren geschockt und glücklich zugleich. Lasen ein wenig, dann gingen wir schlafen. Mitten in der Nacht wurde ich dann wach. Ich ging in die Küche, um mir etwas Warmes zu kochen, und dann bildete ich mir ein, ihn gesehen zu haben. Den Kater Alexander.

Ich lief hinaus in den Garten, aber da war nichts zu sehen. Sicher hatte das schlechte Gewissen mir einen Streich gespielt. Jedenfalls finde ich das alles überaus unangenehm. Jetzt sind wir endlich umgezogen, wir haben renoviert und ein Darlehen aufgenommen. Und dann passiert das alles.«

Es wurde an die Tür geklopft, und eine Pflegerin kam herein und sagte, es sei Zeit für die Proben. Lea wollte widersprechen, aber Sara stand auf. Sie hatte ohnehin schon zu viel gesagt. Die Großmutter brauchte ihre Kraft für andere Dinge.

Lea schien ihre Gedanken zu ahnen. Die Großmutter hielt Sara eine Armlänge auf Abstand und sagte, sie sei für ihre Enkelin immer da. Wenn sie durch Zuhören helfen könnte, dann wüsste sie doch, dass sie, Lea, noch immer zu etwas taugte.

Sie ermahnte Sara, keinen einzigen Teufel über die Brücke zu lassen. Aber sollte der Leibhaftige zu Besuch kommen, dann sollte sie diese Gestalt ins Pflegeheim schicken. Hier würden sie wirklich mit jedem fertig.

Es war schon ziemlich spät, als Sara auf das Grundstück fuhr. Björn war vermutlich schon schlafen gegangen. Er musste am nächsten Morgen früh aufstehen, wegen eines Mathematikerkongresses in London. Sie hätte nie gedacht, dass sie für die Rückfahrt so lange brauchen würde. Aber die Straße war glatt gewesen. Der Frühlingsregen hatte den Asphalt glatt und schlüpfrig gemacht.

Im Garten stand noch Werkzeug herum, sorgfältig an die Hauswand gelehnt. Die Erde lag bloß da und wartete auf Samen und Pflege. Sara ging zu den Rhododendronbüschen, die unanständig groß geworden waren. Bald würden die Blüten in ihrer rosa Pracht prangen, ehe sie nach einigen Wochen dann einschrumpften. Vielleicht würde sie den Busch irgendwann verpflanzen.

Auf dem Steg zog sie den Mantel dichter um sich zusammen und hielt dann die Hand ins Wasser. Noch immer eiskalt. Rasch zog sie die Hand zurück, als sie im Rücken einen Stoß spürte. Für einen kurzen Moment glaubte sie, ins Wasser fallen zu müssen.

»Lars! Du hast mir aber einen Schrecken eingejagt.«

»Entschuldige, das war nicht so gemeint. Ich kam gerade vorbei und habe dich hier sitzen sehen.«

Er sah angespannt aus. Die Haut war grau in der Dunkelheit, die Wangen beschattet von Bartstoppeln. Die Brille gab dem Gesicht eine metallische Schärfe. Plötzlich ging ihr auf, wie groß er war.

»Bist du so spät noch auf? Ich dachte, du bist ein Morgenmensch.«

»Das habe ich auch über dich gedacht.«

»Ich habe meine Großmutter besucht.«

»Ich konnte nicht schlafen.«

Sie wäre gern einen Schritt zurückgetreten, wenn sie nicht schon so dicht am Stegrand gestanden hätte. Sie wich seinem Blick aus und konnte sich zum Wasser umdrehen. Lars folgte ihrem Beispiel. Seine Stimme klang traurig, als er sagte, dass es so schön sei. Dass er wünschte, es könnte so bleiben. Dass es schade sei, dass alles zerstört werden würde.

»Zerstört?«

Lars seufzte. Sein Trenchcoat hing traurig über seine Schultern.

»Es ist unangenehm, dass es so gekommen ist. Mit uns und mit euch.«

»Ich glaube kaum, dass das unsere Schuld ist …«

»Das ist mir schon klar, Sara.«

Lars legte die Hand auf ihren Arm.

»Agneta hat viele gute Seiten. Sie ist hilfsbereit und großzügig. Aber sie muss alles kontrollieren. Und sie ist eifersüchtig.«

»Ich habe ihr dazu wohl nie einen Grund gegeben.«

»Nein. Das weiß sie auch. Sie weiß, dass zwischen dir und mir nichts läuft. Und so wichtig bin ich ihr eigentlich auch nicht. Aber sie ist sehr empfindlich dafür, wie Menschen sich verhalten. Dass sie freundlich wirken und dann versuchen können, andere auf allerlei Weisen gegeneinander auszuspielen. Agneta hat sich einige Male die Finger verbrannt, und das hat sie misstrauisch gemacht.«

»Das kann ich ja verstehen. Aber dann wäre es besser, sie redete mit mir. Damit wir die Sache klären könnten.«

»Sie hat wohl auch ihren Stolz.«

Durch den Wasserspiegel konnte sie ein altes von Seegras und Schnecken überwuchertes Eisenrohr sehen.

»Wir bleiben lieber für uns. Aber mit euch war

das etwas anderes. Also hoffe ich, du kannst Agneta verzeihen, wenn sie manchmal abweisend wirkt.«

»Sicher. Danke.«

Mit Unbehagen ging sie auf die Haustür zu. Lars folgte ihr. Er sagte gute Nacht. Dann bückte er sich plötzlich und küsste sie auf die Wange, ehe er auf den Weg hinauswanderte.

Mit dem unerwünschten Kuss auf der Haut ging sie ins Haus. Das war noch immer so neu, mit dem Geruch vom Schleifen und Malen. Rasch machte sie sich zum Schlafen bereit und legte sich neben Björn. Das Fenster ließ dünne Nachtluft herein. Sie schmiegte sich an Björns Rücken und legte die Arme um seine Brust. Er nahm im Schlaf ihre Hand.

6. Kapitel

Björn legte Musik ein, und Sara ließ sich in den Sitz zurücksinken. Draußen sah sie, wie die Bäume das Licht willkommen hießen. Am Stadtrand von Malmö standen die Häuser jetzt dichter. Der Pulsschlag der Zivilisation war zu spüren, die morgendliche Eile deutlich. Im wahrsten Sinne des Wortes meilenweit vom Frieden in und um ihr Haus entfernt.

Die Stadt mit ihren Angeboten, ihren Cafés, ihren Abgasen und eiligen Bewegungen würde sie bald in ihre anonyme Umarmung schließen. Hier war sie eine von vielen und konnte sich frei bewegen, ohne dass irgendwer sich umdrehte. Björn hielt vor der Bibliothek. Als das Taxi kam, umarmte er sie und sie wünschte ihm eine gute Reise nach London.

In der Bibliothek war es ruhig. Einige wenige Besucher lasen Zeitung, jemand stand vor einem Kopierer. Eine Bibliothekarin, die an ihrem Schreibtisch saß, half Sara weiter. Die Frau blätterte in ihrem Archiv, drückte auf die Tastatur ihres Computers und zog Ordner hervor, das alles mitten im Gespräch.

Sara setzte sich mit einem Stapel Bücher und anderem Material über ihren Wohnort in eine geschützte Ecke und las über die Geschichte der Gegend. Über Aufstieg und Niedergang der Fabriken. Über die Abwanderung in die Städte. Die Häuser, die zu Ferienhäusern wurden. Dazwischen gab es Anekdoten über Einheimische, die auch außerhalb ihres Gartenzauns Aufmerksamkeit erregt hatten. Möbelschreiner und Großbauern mit ehrgeizigen Plänen. Amerikafahrer, die verschwunden und zurückgekehrt waren.

Die Bilder der Umgebung halfen ihr nicht sehr viel weiter. Wilde Wiesen lagen neben bestellten Feldern. Boote hier und dort, darum herum karge Vegetation.

Sie griff zu einem zerfledderten Buch und las über Geschehnisse, die Meilensteine in der Geschichte bedeutet hatten. Einen Königsbesuch. Einen Erdrutsch, der mehrere Häuser zerstört hatte. Dann unheilverkündende schwarze Schlagzeilen. Geheimnisvoller Tod durch Ertrinken. Fest mit tödlichem Ende. Eifersuchtsdrama schuld am Tod der Frau?

Björn hatte das Ereignis im Grunde korrekt wiedergegeben. Eine Frau war nach einem Fest ertrunken. Vermutlich hatte sie ein Verhältnis mit ihrem Nachbarn gehabt. Der Artikel beschrieb ihre künstlerische Laufbahn und die Gesangskarriere ihres mutmaßlichen Liebhabers.

Der Mann der Malerin wurde als einflussreicher Direktor bezeichnet. Die Frau des Sängers fand nur nebenbei Erwähnung. Sie hatte sich um Haus und Heim gekümmert, wenn der Mann auf Tournee war. Beide Familien hatten Kinder.

Bilder der vier waren zur Illustration beigegeben. Sie schauten mit starrem Blick und starren Frisuren in die Kamera. Die Ertrunkene hatte ein süßes Puppengesicht. Sie kam Sara bekannt vor, und plötzlich ging ihr auf, wem die Tote ähnlich sah. Agneta.

Gereizt schob sie das Buch weg. Dass die Nachbarin sie sogar hierher verfolgte, war zu viel. Sie schaute auf und sah, dass die Bibliothekarin mit noch mehr Büchern im Arm vor ihr stand. Die Frau legte sie auf den Tisch und warf einen Blick auf die aufgeschlagenen Seiten.

»Spannende Lektüre, oder was?«

»Ja, wirklich.«

Die Bibliothekarin blieb stehen und erklärte, dass dieser Unfall damals große Aufmerksamkeit erregt habe. Jetzt aber war er nur noch wenigen im Gedächtnis. Dass sie selbst davon wusste, lag daran, dass Verwandte von ihr in der Nähe wohnten. Sie hatten über alles gesprochen, wenn sie sie als Kind besucht hatte.

Die Bibliothekarin blieb stehen, und Sara hatte das Gefühl, etwas sagen zu müssen.

»Ich bin gerade mit meinem Freund in eines dieser Häuser gezogen. Wir haben von unseren Nachbarn davon gehört.«

Die Bibliothekarin lächelte.

»Dann kann ich verstehen, dass Sie das interessant finden. Da draußen wohnen Sie also. Das ist natürlich schön und friedlich. Und eigentlich nicht so weit von der Stadt. Auch wenn es dort nicht immer so ruhig zugegangen ist. Ich weiß noch, wie das war. Die Dramen auf dem Land sollte man nicht unterschätzen. Meine Eltern konnten so allerlei davon erzählen, was in den Katen vor sich ging.«

Dann wurde ihre Stimme leiser, und sie zeigte wieder auf die Schlagzeilen.

»Dass es Mord war, wurde von niemandem bezweifelt. Aber ob der Mann seine Frau ertränkt hatte, darüber gab es geteilte Meinungen. Es hieß, die betrogene Frau des Sängers habe eine Hand mit im Spiel gehabt. Dass sie im Boot gesessen habe. Aber wie gesagt, es wurde ja niemand verurteilt.«

Ein Mann kam vorbei und erkundigte sich nach

den Büchern von Pär Lagerkvist. Die Bibliothekarin verschwand. Sara las weiter, stellte aber fest, dass sie sich nicht konzentrieren konnte. Vielleicht war es überhaupt keine gute Idee, mehr über das Haus und die Gegend erfahren zu wollen. Vielleicht sollte sie sich lieber auf die Suche nach diesem Käsegeschäft machen, das Björn erwähnt hatte. Sie könnte sich etwas Gutes kaufen und sich auf einen einsamen Abend zu Hause vorbereiten.

Bei diesem Gedanken wurde ihr ganz seltsam.

Im Auto fühlte sie sich dann besser. Die Stadt war wirklich nicht weit entfernt, und dort gab es alle Anregungen, die sie sich wünschen konnte, wenn sie eine Pause von der Gartenarbeit brauchte. Auf der anderen Seite des Wassers lag Kopenhagen, und von da aus war es nur ein Katzensprung nach Europa. Mit dieser Gewissheit und dem schwachen Duft von französischem Käse im Auto war es in Ordnung, aufs Land zurückzukehren.

Hinten im Auto lagen zudem Plastiksäcke voll Erde sowie einige Pflanzen. Die Gärtnerei hatte ein großes Angebot, und sie war hervorragend beraten worden. Schon am nächsten Tag würde sie unten beim Steg pflanzen. Verschiedene Sorten Gras, dazwischen Steine.

Sie summte zur Musik, öffnete das Fenster und sog den kommenden Frühling in sich ein. Vielleicht war das alles gar nicht so schwierig. Björn war jetzt für einige Tage verreist. Sie könnte Agneta zu einer Tasse Tee einladen. Mit ihr über ihre Arbeit sprechen, über die Diskussionen in der Klinik, die Sparmaßnahmen im Krankenhaus. Ein wenig von ihren eigenen Plänen erzählen.

Und sie könnte ihre Joggingrunden mit Lars erst wieder aufnehmen, wenn alles sich beruhigt hätte.

Noch war nichts Unwiderrufliches geschehen.

Sie stieg aus dem Auto und packte ihre Einkäufe aus, während sie an Björn dachte. Er würde niemals ihr Interesse am Freiluftleben teilen, sie würde sich niemals in geschlossenen Räumen wohlfühlen. Aber das Verhalten der Nachbarn hatte gezeigt, dass sie und Björn zusammengehörten und dass er in der Krise für sie da war. Es tat gut, diese Gewissheit zu haben, auch wenn sie um den Preis eines unwillkommenen Konfliktes erkauft worden war.

Haus und Garten ruhten in stiller Dämmerung. Die Bretter der Fassade glänzten. Langsam würden sie grau werden und mit den Jahren Patina ansetzen. Dieses Gefühl war willkommen, das Gefühl, dass das hier wirklich ihr Zuhause war.

Sie öffnete auch die Heckklappe und lud weiter aus. Die Blätter der Pflanzen kratzten über ihr Gesicht, als sie sie hochhob. Vom Wasser vor ihr war ein Motorboot zu hören, das sich dem Ufer näherte. Im Haus von Lars und Agneta war alles dunkel.

Für einen Moment betrachtete sie das Ufer und das näherkommende Boot. Als sie die Berührung am Bein spürte, fuhr sie zusammen. Der Kater starrte sie an und wirkte sprungbereit. Dann legte er sich behaglich zu ihren Füßen hin. Alexander war wieder da.

Saras Herz hämmerte los. Als sie sich nach einer Weile wieder aufrichtete, sah sie, dass Alexander noch weiter hinaus auf den Steg gegangen war. Die Lust, hinzulaufen und ihm einen Tritt zu versetzen, war ebenso beängstigend wie seine Anwesenheit.

Rasch lief sie auf das Haus zu und wollte gerade die Tür öffnen, als sie jemanden ihren Namen rufen hörte. Agneta. Sie trug einen dunklen Regenmantel und hatte Holzschuhe an den Füßen. Mit bangen Ahnungen ging Sara ihrer Nachbarin entgegen. Agnetas Gesicht war abweisend. Sie blieben voreinander stehen, Agneta hatte die Arme vor der Brust verschränkt.

»Hallo, Agneta. Was für ein schöner Abend. Ich war in der Stadt und habe ein paar Dinge erledigt. Schön, wieder hier draußen zu sein. Die Luft ist wirklich ganz anders.«

Sara hörte, wie ihre Stimme nichtssagende Belanglosigkeiten plapperte. Agnetas Gesicht sah aus wie eine Theatermaske.

»Björn bleibt über Nacht weg. Ich wollte jetzt ein wenig Käse essen. Kommst du auf einen Tee oder ein Glas Wein mit ins Haus? Den Käse habe ich in einem Laden gekauft, den Björn vor einiger Zeit entdeckt hat. Sie haben eine phantastische Auswahl.«

Ihre Stimme versagte. Agnetas Augen funkelten vor Finsternis. Plötzlich tat sie einen Schritt vor und packte Sara am Arm. Ihre Finger gruben sich durch den Stoff.

»Nutte! Du hast dich zwischen Lars und mich gedrängt!«

Die Worte tanzten zwischen ihnen, fielen auf den Weg, krochen um ihre Füße herum. Agneta starrte Sara mit solchem Hass in den Augen an, dass die den Blick kaum erwidern konnte. Dann lockerte sich der Griff um ihren Arm, und Agneta verschwand so schnell, wie sie gekommen war.

Saras Hand zitterte, als sie versuchte, die Tür zu öffnen, und am Ende fiel ihr der Schlüsselbund auf den Boden. Im Haus lehnte sie sich an die Wand. Mischka kam jammernd angelaufen, und Sara bückte sich und streichelte die Katze. Mischka legte sich auf den Rücken, ließ sich streicheln und schnurrte vor Freude darüber, nicht mehr allein zu sein.

Mit mechanischen Bewegungen zog Sara sich aus, machte Licht und rückte die Sofakissen zurecht. Ebenso mechanisch stellte sie die Lebensmittel in den Kühlschrank und arrangierte auf einem Teller Käse, Brot und Obst. Dann zündete sie einige Kerzen an und ließ sich mit dem Teller auf den Knien auf das Sofa sinken. Ließ sich von den Flammen hypnotisieren.

Es passierte nicht zum ersten Mal. Tiere liefen nach Hause zurück, trotzten Wind und Regen. Alexander war das Leben draußen gewohnt, seine Orientierungsfähigkeiten hervorragend. Aber dennoch. Eine halbe Stunde mit dem Auto. Dreißig, vierzig Kilometer auf der Straße. Die Vorstellung, dass Lars oder Agneta gesehen haben könnten, wie Björn ihren Kater in seine Tasche stopfte, war unerträglich. Dass sie ihm gefolgt sein könnten.

War Agneta deshalb gekommen? Hatte sie hinter ihrem eigenen Spitzenvorhang gewartet? War sie Björn gefolgt, hatte Alexander zurückgeholt, ihn freigelassen und von ihrem eigenen Grundstück aus spioniert? Um dann diese Gemeinheiten von sich geben zu können, die sie gesagt hatte?

Sie wollte Björn anrufen, aber als sie es im Hotel versuchte, war er nicht auf dem Zimmer. Er musste einen Vortrag halten, und danach würde es ein Essen geben, Wenn es zu spät wurde, würde er sie nicht wecken wollen. Und vielleicht wäre es auch blöd, das Ganze am Telefon zu wiederholen. Natürlich würde er ihr glauben. Aber er mochte Agneta doch.

Sara schaute aus dem Fenster. Der Nachbarskater war nirgendwo zu sehen.

Lange blieb sie auf dem Sofa sitzen. Sie aß und versuchte zu lesen. Die Buchstaben verschwammen miteinander, und sie ertappte sich dabei, wie sie einen Satz mehrmals las, ohne dessen Bedeutung zu verstehen.

Am Ende gab sie auf und ging ins Badezimmer. Sie stand lange unter der Dusche und ließ das Wasser über ihren Körper laufen, bis der vor Hitze rot war. Darauf folgte kaltes Wasser, wie Nadeln auf ihrer Haut.

Als sie aus der Dusche kam, war der Badezimmerspiegel beschlagen. Wenn jemand sie bespitzelte, würde der Dampf den freien Blick stören. Mit der Hand fuhr sie über das Glas und befreite einen Kreis, in dem ihr Spiegelbild auftauchte. Ihre Haare klebten an den noch feuchten Wangen, und ihre Augen glänzten und wirkten unnatürlich groß.

Im Schlafzimmer zog sie Björns Schlafanzug an und legte sich in seine Hälfte des Bettes. Mischka kam, und sie ließ die Katze ins Bett springen und sich neben sie auf das Kissen legen.

Motorendröhnen drang durch die Fensterscheiben. Der Lärm wurde lauter und leiser, und sie nahm die Töne mit in den Schlaf. Mischka rückte näher an sie heran, und Sara legte den Arm

um die Katze und spürte das weiche Fell an ihrer Haut.

Erst glaubte sie, es sei Mischka. Dann sah sie, dass die Katze nicht mehr bei ihr war. Die Uhr zeigte halb zwei. Dann hörte sie dieses Geräusch wieder. Eine Tür, die geöffnet wurde. Ein Schrappen, als ob Schubladen aufgezogen oder Stühle verrückt würden.

Sie kauerte sich zusammen und blieb eine Weile liegen, sie wagte nicht, sich zu bewegen. Dann war es für kurze Zeit still. Danach eilige Schritte und ein Rascheln.

Vorsichtig und mit kalter Verzweiflung, die über ihre Wangen lief, kroch sie immer tiefer in ihr Bett, während die Möglichkeiten durch ihren Kopf wimmelten wie kleine Insekten unter einem umgekippten Baumstamm. Das Telefon stand unten. Eine Flucht durch die Tür war unvorstellbar. Sie könnte versuchen, aus dem Fenster zu steigen, und einen Sturz von mehreren Metern riskieren. Oder sich unter dem Bett verstecken.

Das hier passierte nicht. Nicht mit ihr.

Dann hörte sie Mischka. Ein verängstigtes Jammern, ein Fauchen und dann einen heftigen Knall. Leise Stimmen. Jemand war dort unten, jemand war in ihr Haus eingedrungen und quälte jetzt ihre Katze.

Rotglühende Wut schoss in ihr hoch, und sie sprang auf. Sie schnappte sich eine Schere aus dem Nähkasten, der im Regal stand, und stieg Stufe für Stufe, mit der Schere in der Hand, die Treppe hinunter. Es war nicht ihre Stimme, die die Eindringlinge anschrie, sie sollten sofort verschwinden. Und ihre Katze in Ruhe lassen.

Der Schlag kam aus dem Nirgendwo. Ein brennender Schmerz und blaues Licht. Danach Stille.

7. Kapitel

Sie saßen mit dem Frühstückstablett auf den Knien auf dem Sofa. Aufgrund ihres Kopfverbandes musste sie sich vorsichtig bewegen.

Langsam und in winzigen Bissen verzehrte sie ihren Toast. Es war eine schöne Veränderung nach dem Dasein im Krankenhaus, trotz guter Pflege und sympathischer Mitpatientinnen. Aber eine Woche mit weißen Geräuschen, Visiten, Untersuchungen und Tropf war mehr als genug. Niemals hatte sie ihre Großmutter so gut verstehen können.

»Tut es weh?«

Björns Frage zum vielleicht fünften Mal in einer Stunde. Das nannte sich Fürsorge.

»Nicht so schlimm. Es ist so schön, wieder hier zu sein.«

»Jetzt müssen wir dich erst mal wieder aufpäppeln.«

Sara schaute sich im Zimmer um. Sie konnte das jetzt, nachdem das Schlimmste weggeräumt worden war. Björn hatte ihr zuerst keine Details erzählen wollen, sondern sich an die unvermeidlichen Tatsachen gehalten. Eingeschlagene Fensterscheiben. Zerschnittene Bilder. Umgestülpte Schubladen. Auf der Verlustseite Computer, Silberbesteck, Fernseher, Schmuck. Der Gedanke an den Schmuck, den sie geerbt hatte, war fast das Schlimmste. Das Schlimmste war Mischka.

Sie waren ungefähr gleichzeitig von ihren Behandlungen zurückgekommen. Sara mit dem Kopfverband, Mischka mit einem Plastiktrichter um den Hals. Die Fäden sollten zwei Tage später entfernt werden. Bei ihnen beiden.

»Ich habe noch einmal mit der Versicherung gesprochen. Hat du den Nerv, dir das anzuhören?«

»Sicher.«

»Die Versicherung übernimmt fast alles. Sie hat

uns gelobt, weil wir vor dem Umzug alles geklärt haben. Stell dir vor, wir hätten das nicht erledigt.«

»Dann können wir also wieder mit Renovieren anfangen.«

Björn stand auf und füllte ihre Tasse. Im Vorübergehen streichelte er Mischka und setzte sich wieder. Mischka schüttelte ungeduldig den Kopf, und der Plastiktrichter schlug auf den Boden.

»Was die gestohlenen Sachen angeht, bekommen wir wohl eine ganze Menge zurück. An Geld meine ich. Aber was deinen Schmuck angeht, waren sie nicht so optimistisch. Der kann überall sein. Schon an Frauen und Freundinnen verschenkt. Schon aus Schweden hinausgeschafft. Auch wenn es keine wirklich wertvollen Stücke waren.«

»Für mich waren sie unersetzlich.«

»Ich weiß. Aber das Wichtigste ist doch, dass dir nichts Schlimmeres passiert ist.«

Die Erinnerungen meldeten sich zu Wort. Geräusche. Angst. Die idiotische Einbildung, sie könnte Einbrecher mit einer Schere verjagen. Aber sie hatte nicht überlegt, wer dort unten sein könnte. Sie hatte nur an Mischka gedacht.

»Und ich habe noch einmal mit der Polizei gesprochen. Auch die haben betont, was du für ein Glück gehabt hast. Wenn wir überlegen, wie das hier ausgesehen hat, dann hatten wir doch ziemlich brutale Typen zu Besuch.«

Noch immer konnte sie sich nicht klarmachen, dass es noch schlimmer hätte kommen können. Den Einbrechern war es total egal gewesen, dass die Hausbesitzerin oben schlief, während sie plünderten und wüteten. Der Einbruch war der erste in der Gegend, der mit solcher Brutalität ausgeführt worden war. Normale Diebe machten sich nicht die Mühe, Einrichtungsgegenstände und Möbel sinnlos zu zerstören.

Möglicherweise waren sie über das Wasser gekommen. In der Nachbargemeinde hatte es Fälle gegeben, in denen die Täter ein Boot genommen hatten. Auch wenn sie in diesen Fällen mit Hilfe von Leitern durch das Fenster eingestiegen waren. Für die Boottheorie sprach, dass Sara mit einem Ruder auf den Kopf geschlagen worden war, das man gefunden und an dem ihr Blut geklebt hatte.

»Hast du mit Lars und Agneta gesprochen?«

Sara brachte diese Namen kaum über ihre Lippen. Agnetas widerlicher Ausbruch, Alexanders Rückkehr. Alles hatte hinter den unmittelbaren Konsequenzen des Einbruchs zurücktreten müssen. Erst am Ende ihres Krankenhausaufenthaltes hatte sie Björn davon erzählt. Das Ganze kam ihr noch bedrückender vor, wenn sie daran dachte, dass Lars sie gefunden und die Polizei verständigt hatte.

»Nein, nur das eine Mal, und das ist schon über eine Woche her. Aber die Polizei hat noch einmal mit Lars gesprochen. Nehme ich an.«

Sara dachte daran, was Björn erzählt hatte. Wie mitfühlend die Nachbarn gewesen waren. Wie Lars den entsetzlichen Anblick geschildert hatte, der sich ihm geboten hatte, als er durch die Tür getreten war. Die Verwüstung. Sara und Mischka auf dem Boden.

Warum war er mitten in der Nacht aufgetaucht? Da konnte sie nur raten. Vielleicht hatte er sich mit Agneta gestritten. Vielleicht hatte sie erzählt, was geschehen war, und er hatte sich mit ihr aussprechen wollen. Über Agnetas Ausbruch. Und Alexander, falls sie denn gesehen hatten, wie ihr Kater verschleppt worden war.

Oder er hatte einfach etwas Verdächtiges gesehen. Etwas, worauf gute Nachbarn eben achten sollten.

Sara schlang sich die Arme um den Leib. Sie fröstelte. Ihr Kopf kam ihr vor wie ein Ameisenhaufen, in dem die Gedanken einen düsteren und ununterbrochenen Marsch vollzogen. Wenn nur die Großmutter bei ihr gewesen wäre. Mit einem treffenden Kommentar hätte sie alles ins rechte Licht gerückt. Im Vergleich mit Leas Lebenserfahrung wirkte das hier doch wie eine Bagatelle.

Hinter Ruhe und Unruhe dieses Augenblickes hing dazu die offene Frage, was jetzt werden sollte. Wieder renovieren, hatte Sara gesagt. Ihr Zuhause, ihre neue Existenz, ihr Dasein. Nicht nur die Bilder waren zerschnitten worden.

Der Teller war leer und sie hatte ihn weggestellt. Björn machte sich aufbruchsbereit. Er war elegant gekleidet wie immer. Fehl am Platze in diesem jetzt chaotischen Haus. Fehl am Platze hier an diesem Ort. Sein Blick im Taxi auf dem Weg nach London. Erwartungsvoll und munter.

Sie starrte ihre Trainingshose und die Füße in den dicken Socken an. Unter dem Verband juckten ihre Haare, die sie schon eine ganze Weile nicht mehr hatte waschen können.

»Was machen wir mit dieser Sache mit Agneta?«

Sie hatte »ich« sagen wollen, überlegte sich die Sache aber mitten im Satz anders. Ohne Björn würde sie niemals Klarheit in diese Lage bringen können.

Er antwortete nicht sofort, sondern schaute den Tisch an, der leer und nackt dastand, ohne Fernseher.

»Glaubst du nicht, ihr könnt das klären, wenn ihr miteinander redet?«

»Das hatte ich doch vorgeschlagen. Ehe sie mich angeschrien hat.«

»Jetzt ist die Situation aber anders. Jetzt muss sie Mitleid mit dir haben. Das kann Wunder wirken.«

Miteinander reden. Das hatte sie ja auch gedacht. Der Glaube an das alles lösende, klärende Gespräch. Und das sollte zwischen ihnen passieren, zwischen ihr und Agneta. Mit Lars und Björn als stumme Zeugen oder Unterstützer. Lars und Björn, die dachten – was?

»Björn, glaubst du wirklich, dass wir das hier klären können?«

»Das ist keine Frage des Glaubens. Es muss geklärt werden. Du, kommst du heute allein zurecht?«

»Ich komme zurecht.«

»Versprich mir, es ruhig angehen zu lassen. Nicht herumzurennen und alles Mögliche in Angriff zu nehmen.«

Sie stand ebenfalls auf und merkte, wie sich vor ihren Augen alles drehte. Er küsste sie auf die Wange.

»Ich rufe an und überzeuge mich davon, dass du dich ruhig verhältst.«

Er verschwand in der Diele. Mit einem »bis dann« war er verschwunden. Zurück blieb das Versprechen einer frühen Rückkehr und eines gemeinsamen guten Essens. Planlos wanderte sie im Haus umher, füllte Mischkas Fress- und Trinknapf. Sie wusste schon jetzt, dass sie das Björn gegebene

Versprechen, sich ruhig zu verhalten, nicht einlösen könnte.

Resigniert starrte sie die Bilder an, die nebeneinander an die Wand gelehnt standen. Den klaffenden Schnitt in dem ganz vorn. Den zerbrochenen Rahmen. Draußen schien die Sonne. Es war ein schöner Tag, zu schön für böse Ahnungen und Verzweiflung.

Im Badezimmer klaffte das Fenster wieder ungeschützt. Das Bild, das dort gestanden hatte, war an den Fliesen zerschlagen worden. Vorsichtig wusch sie die Haare, die unter dem Verband hervorlugten, und schminkte sich ein anständiges Gesicht zurecht. Dann ging sie wieder nach unten und zog Stiefel und Jacke an.

Die Luft kam ihr mit Frische und Salz entgegen. Langsam ging sie durch den Garten und musterte ihr Werk. Wer immer das Haus nach ihnen übernahm, würde sich darüber freuen, was sie geleistet hatte. Die Nachbarn vielleicht auch. *Die Nachbarn.* Eigentlich hatten sie ja nur Lars und Agneta kennengelernt.

Mit klopfendem, aber entschiedenem Herzen

ging sie auf das Haus von Lars und Agneta zu und stieg die Treppe hoch. Sie drückte auf die Klingel, aber nichts passierte. Mitten am Tag, ein idiotischer Einfall. Aber sie waren doch überraschend oft zu Hause gewesen, entweder er oder sie. Beide hatten in ihren Berufen diese Möglichkeit. Beide hatten sie genutzt.

Sie wartete eine Weile und klingelte noch einmal. Keine Antwort. Auch das Auto war nicht zu sehen. Auf dem Rasen lag eine Axt. Das sah Lars überhaupt nicht ähnlich. Das ganze Haus sah dem nicht ähnlich. Es machte einen verlassenen Eindruck.

Enttäuscht ging sie zurück. Sie hätte dieses Gespräch nur zu gern hinter sich gebracht. *Nutte.* Als ob sie das jemals vergessen könnte.

Jetzt bin ich fertig mit China. Das hatte die Großmutter in einem Park in Qingdao gesagt. Dann hatte sie ein Blatt von einem Bambusstrauch abgebrochen und sich von einem Ort mit seinen Erinnerungen verabschiedet. Die Großmutter hatte ihr ganzes Leben so gelebt. Ohne vielleicht oder man müsste oder man sollte war sie vorgeprescht, war unangenehm geworden und hatte auf alle Konventionen gepfiffen, die ihr als unwichtig oder lächerlich erschienen waren.

Als Missionarin eine Botschaft zu vertreten und zu versuchen, sie anderen zu vermitteln. Vielleicht hatte Sara das an diesem gottverlassenen Ort hier ja versucht. Sie war hergezogen, ohne an unsichtbare Regeln oder Verhaltensnormen zu denken. Sie hatte gehofft, ihre Botschaft über einen pflegeleichten Naturgarten verbreiten zu können.

Und dann die Großmutter, deren Zustand sich verschlechtert hatte. Ein Arzt hatte sie zu allem Überfluss vor einigen Tagen angerufen. Wenn irgendwelche Angehörigen zur Stelle sein könnten, wäre das gut. Der Arzt wusste ja, dass Lea und ihre Enkelin einander nahestanden.

Sara wanderte weiter, überquerte Felder und Wiesen und erreichte den Strand, wo sie am Anleger Boote sah. In jener Nacht hatte sie Motorengeräusche gehört. Ein Boot war unterwegs gewesen. Aber die Polizei ermittelte noch, und vielleicht würden sie ja einmal erfahren, wer ihr Haus geschändet hatte. Erst, als ihr Schädel zu dröhnen anfing, machte sie kehrt und ging zurück. Björn würde sie ausschimpfen, wenn er wüsste, wie weit sie gegangen war. Aber die Uhren waren stehengeblieben. Jetzt tickten sie wieder, und Sara merkte, wie angestrengt ihr Atem wurde. Als sie ihren Weg erreichte, war sie schweißnass.

Vor dem Haus von Lars und Agneta stand ein unbekanntes Auto. Die Türen des Nachbarhauses standen offen, und instinktiv blieb sie stehen, entsetzt von der Vorstellung, dass vor ihren Augen vielleicht noch ein Einbruch geschah. Dann sah sie eine fremde Frau die Treppe herunterkommen.

Sara ging mit einem Gruß vorbei, sie wollte jetzt nur noch ihre eigene Haustür öffnen und sich hinlegen. Die Frau am Auto drehte sich um.

Sie war elegant gekleidet und mochte so um die sechzig sein. Ein schönes Kaschmirtuch lag über ihrem Mantel. Sie lächelte strahlend, als sie die Hand ausstreckte.

»Ich muss doch die Gelegenheit nutzen und richtig guten Tag sagen. Sie wohnen im Haus gegenüber, oder? Ich heiße Ingalill.«

Sara nahm ihre Hand. Sie versuchte das Lächeln zu erwidern.

»Einfach phantastisch, wie Sie die alte Bruchbude verändert haben. Es war für mich und Bertil in all diesen Jahren die pure Qual, das ansehen zu müssen. Vom Garten gar nicht erst zu reden.«

»Wo wohnen Sie denn?«

Mehr fiel Sara nicht ein. Ingalill lächelte noch immer.

»Uns gehört dieses Haus hier. Das Ihrem gegenüber. Aber verzeihen Sie, das konnten Sie ja nicht wissen. Aber ich dachte, Sie hätten vielleicht mit unseren Mietern geredet. Wir waren zwei Jahre im Ausland. Bertil war in Brüssel stationiert. Es hat uns sehr gut gefallen, aber natürlich hatten wir Heimweh. Einen schöneren Flecken findet man doch nirgendwo.«

Vielleicht waren es die Kopfschmerzen, die dafür sorgten, dass sie nicht klar denken konnte, als sie antwortete.

»Wir kennen Lars und Agneta. Aber die haben nie erwähnt, dass sie das Haus nur gemietet hatten.

Sie haben immer so darüber gesprochen, als ob es ihnen gehörte.«

Ingalill machte ein überraschtes Gesicht.

»Lars und Agneta? Die kenne ich nicht. Unsere Mieter heißen Alsterdal. Barbro und Klas. Und sie hatten das Haus vom ersten Tag an gemietet. Es hat nur in den letzten beiden Monaten leer gestanden. Sie waren mit ihren Kindern auf Reisen, wollten das ausnutzen, ehe die Kleinen in die Schule kamen. Und sie wussten ja, dass wir zurückkommen würden. Auf diese Weise sind wir einander nicht ins Gehege gekommen.«

Sara öffnete den Mund, um zu berichten. Über die Nachbarn, Lars und Agneta, die schon bei ihrem Einzug hier gewesen waren. Die sie in das rote Haus eingeladen hatten, ein Haus, in dem sie seit Jahren wohnten. Das sie renoviert hatten. Wo Sara also zu Gast gewesen war.

Aber dieses Haus gehörte Ingalill und Bertil. Und die hatten es an Barbro und Klas vermietet.

Ingalill sah plötzlich verstört aus.

»Aber es war scheußlich, nach Hause zu kommen und von diesem schrecklichen Einbruch bei

Ihnen zu hören. Auch bei uns haben sie ihre Visitenkarte hinterlassen. Sie haben zwar nichts gestohlen. Aber noch ganz kürzlich war jemand im Haus. Im Bett liegen alte Laken und Betten und im Badezimmer benutzte Handtücher.

Und der Weinkeller ist geleert worden, Bertil war außer sich. Mit allem Recht. Da lagerten allerlei wertvolle Flaschen. Vermutlich sind irgendwelche Obdachlosen durch das Kellerfenster eingestiegen und haben einige Wochen unter unserem Dach geschlafen. Hausbesetzer oder wie sie genannt werden. Ja, nicht alles, was wir aus dem Ausland importieren, ist gut. Die Kriminalität zum Beispiel. Bertil hat sich gerade mit diesen Fragen beschäftigt. Organisiertes Verbrechen. Aber im Heimatland wird ja niemand zum Propheten.«

Sie verstummte. Plötzlich schien ihr aufzugehen, was Sara gesagt hatte.

»Aber Sie haben Menschen erwähnt, die behaupteten, in unserem Haus gewohnt zu haben? Und die Lars und Agneta hießen?«

Der Boden schaukelte unter ihren Füßen. Ingalills Umrisse wurden immer schärfer.

»Ja. Sie waren … haben behauptet, sie wären … unsere Nachbarn.«

»Aber meine Liebe. Darüber müssen wir genauer sprechen. Sie müssen …«

»Entschuldigen Sie. Aber ich muss mich jetzt hinlegen. Ich hätte mich eigentlich den ganzen Tag ruhig verhalten sollen.«

»Sie sind ja auch kreideweiß im Gesicht.«

Ingalill rief etwas über ihre Schulter nach hinten. Dann fasste sie Sara resolut am Arm und führte sie zurück zum Haus, während sie über die Polizei und die Unverschämtheit gewisser Leute sprach. Im Haus packte sie Sara auf das Sofa und machte sich in der Küche zu schaffen. Bald darauf brachte sie eine dampfende Tasse.

»Wasser, Zitrone, Honig, Tee und Whisky. Habe ich von meiner finnischen Verwandtschaft gelernt. Sie brauchen Ruhe. Ich gehe nach Hause und rufe die Polizei an.«

»Könnten Sie mir wohl mein Schmerzmittel holen? Das liegt oben im Badezimmer.«

»Natürlich.«

Ingalill verschwand und kam mit dem Tablettenröhrchen zurück. Sie schaute sich um und verbreitete sich dann ausgiebig über härtere Strafen und Luxusgefängnisse.

Und wie hatten diese beiden eigentlich ausgesehen, dieser Lars und diese Agneta? Nicht wie Penner? Die Sache werde wirklich immer seltsamer. Und alles müsste mit Hilfe der Polizei geklärt werden.

Sara spürte den bitteren Geschmack der Tabletten im Mund. Ingalill schaute auf die Uhr.

»Bertil wundert sich sicher, wo ich stecke. Und ich muss über diese Sache mit ihm reden. Meinen Sie, Sie kommen jetzt erst mal allein zurecht?«

»Ja, sicher.«

»Ich schaue später noch mal nach Ihnen.«

»Das ist nicht nötig.«

Ingalill sah unschlüssig aus.

»Sind Sie sich da sicher?«

»Ich rufe meinen Mitbewohner an.«

Ihr ganzes Inneres flehte darum, allein zu sein. Nachdenken zu dürfen, ehe sie Björn anrief. Mischka kam hinter einem Sessel hervor, und der Plastiktrichter hing schief. Ingalill streichelte das

Fell der Katze, und ihr Armband klirrte dabei über den Boden.

»Was für eine süße Katze.«

»Ja. Das ist sie.«

»Das hat mir in unseren Jahren in Brüssel wohl am meisten gefehlt. Unser Kater. Wir konnten ihn nicht mitnehmen, weil wir in einer Wohnung wohnten. Das ist kein Leben für so ein Tier. Schon gar nicht für unseren Kater. Und er ist ja zu alt, um verpflanzt zu werden. Er ist schließlich schon zehn.«

»Ihr Kater?«

»Unsere Mieter haben sich um ihn gekümmert, während wir weg waren. Das war sogar die Bedingung dafür, dass sie unser Haus mieten konnten. Aber sie haben es gern getan. Als sie dann verreist sind, war er bei Freunden hier in der Nähe. Sie haben ihn vielleicht gesehen. Ein Kater. Norwegische Waldkatze. Graugetigert.«

»Doch. Den habe ich gesehen.«

Ingalill verabschiedete sich noch einmal. Es sei nett, die neuen Nachbarn kennenzulernen, trotz dieser Umstände. Aber das zeige ja nur noch mehr, wie wichtig gute Nachbarschaft sei. Dass man einander helfen und ein Auge auf Häuser und Ferienhütten haben müsse.

Sie selbst seien nun ja eine Weile fort gewesen. Aber seltsam, dass ihre alten Bekannten nicht bemerkt hatten, dass fremde Gäste im Haus waren. Da machte man sich ja doch Gedanken. Andererseits hatten ihre Mieter natürlich auch Gäste gehabt. Man würde sich in der Gegend erkundigen müssen, ob jemand etwas wisse.

Wirklich alles sehr unangenehm. Aber was wusste man schon über andere? Angst, sich einzumischen und überhaupt. Da wurde man ja doch nachdenklich. Bertil werde die Initiative zu irgendeiner Form von geordneter Nachbarschaftshilfe ergreifen. Nachbarliches Zusammenwirken.

Ingalill verstummte. Dann legte sie den Kopf schräg.

»Nur noch eins, mir ist ja klar, dass Sie im Moment andere Sorgen haben. Aber ich habe gesehen, dass Sie keinen Vorhang vor dem Badezimmerfenster haben. Das ist vielleicht eine Folge des Einbruchs. Aber man kann von draußen mehr sehen, als man glaubt, wenn man drinnen steht und sich zurechtmacht. Ein Vorhang kann nichts schaden. Die früheren Besitzer haben am Ende auch einen aufgehängt.«

Ingalill sagte, sie werde sich bald wieder melden, und verschwand. Das Klicken der Tür hallte im Haus wider. Sara blieb liegen und konnte sich zuerst nicht rühren.

Dann stand sie auf und rief Björn an.

8. Kapitel

Der Kater ruhte im Gras aus. Das war weich, noch nicht vom Jahr verhärtet. Die Steine zwischen den Grashalmen reflektierten den Sonnenschein mit grauem Funkeln. Segel blähten sich, Motorendröhnen wurde mit dem Geplauder der Menschen an Deck vermischt. Anfang der Sommersaison. Düfte aus allen Richtungen, Schweiß und Öl, Grillgeruch und Blumen. In einigen Wochen würde alles seinen Höhepunkt erreichen. Danach würde wieder Ruhe einkehren und die Bewegungen erstarren lassen.

Der Kater reckte sich. Sah eine Hummel, unternahm aber keinen Versuch, sie zu jagen, dachte an den Abend, die leichte Dämmerung. Raschelndes Tuscheln in allen Winkeln.

Er watete über die Felder. Die Senken waren gefüllt worden, die ausgegrabenen Findlinge hatten neue Plätze gefunden. Ein Steinhaufen in einer Ecke, ein Himmelreich für die Mäuse. Der Kater würde sie gewähren lassen. Sollten sie doch ihr Versteck finden, sich sicher fühlen. Die Sache eilte nicht.

Der Ameisenhaufen an der Grundstücksgrenze war gewachsen. Der Versuch, die Bewohnerinnen zu besiegen, war halbherzig gewesen. Neue Gänge waren gegraben, neue Beute war in die Speisekammer geschleppt worden. Der Kater kannte diesen Eifer, die Energie der kleinen Wesen. Dass der Mensch Mensch ist, weil er so lange verdrängt, bis er endlich beschließt zu vergessen.

Der Rhododendronstrauch breitete seine geblümte Decke über den Plattenweg. Unter den frechen Blättern konnte der Kater beobachten, wie die Menschen kamen und gingen. Die Autos, die auf dem Weg parkten und eine Weile stehenblieben, um dann zu verschwinden.

Einige waren über das Grundstück gegangen. Sie waren beim Steg stehengeblieben und hatten die Aussicht kommentiert, als ob sie ihnen gehörte oder ihnen bald gehören würde. Niemand hatte den Kater bemerkt. Kein Auge begegnete ihm in den Fenstern des Hauses.

Der Kater schlich zur Grundstücksgrenze. Rieb sich am frisch aufgestellten Schild. Das würde eine Weile dort stehen bleiben. Und dann entfernt werden. Und später vielleicht zurückkehren.

Der Apfelbaum war abgeblüht. Die Vögel umkreisten die Früchte, die bald da sein würden. Die Vögel warteten. Wie die Knospenmotten und die Würmer im Boden.

Maria Ernestam über den Ursprung ihrer Erzählung

Als Selma in meine Familie kam, war dies das Ergebnis ausgiebiger Überredungsversuche. Meine herzensgute Tochter Sofi wollte sich eines Straßenhundes aus Rumänien annehmen. Nachdem sie sich unsere Gegenargumente angehört hatte, plädierte sie energisch für eine Katze.

Katzen sind doch reinlich. Und überaus selbständig.

Als sie uns dann das Bild einer hinreißenden norwegischen Waldkatze präsentierte, gab es nicht mehr viel zu diskutieren. Selma zog in unser Leben ein. Ein munteres Katzenjunges mit dickem Fell und großer Integrität. Sie blieb zuerst im Haus, aber als der Sommer kam und wir auf das Land fuhren, begann sie, ihr natürliches Leben im Freien aufzunehmen. Selma fing Mäuse, kletterte auf Bäume und fläzte sich auf den grauen Felsen. Abends schmuste sie mit uns, und nichts schien dieses Glück bedrohen zu können.

Doch dann kamen wir zurück in die Stadt. Selma ging nach draußen und damit war die Katastrophe da. Der Nachbarkater, der unser Grundstück immer als Teils seines Reviers betrachtet hatte, konnte diese Veränderung durchaus nicht billigen. Er griff Selma an, sowie sie sich aus dem Haus traute, was bald nicht mehr vorkam. Unsere freilaufende Katze wurde zu einer immer unglücklicheren Hauskatze. Die Folgen ließen nicht auf sich warten.

Selma war weniger verschmust. Die Katzenhaare überall im Haus immer sichtbarer. Einige Monate später ließ sich Sofis Katzenallergie nicht mehr wegdiskutieren. An dem Tag, an dem wir Selma weggeben mussten, zum Glück an gute Freunde, die auf einem abgelegenen Bauernhof wohnen, weinte nicht nur Sofi.

Unsere Nachbarn wissen noch immer nicht, welche Rolle ihr Kater in unserem Leben gespielt hat. Es ist ja klar, dass wir sie nicht darum bitten konnten, das Tier von unserem Grundstück wegzuhalten. Aber diese Geschichte ließ mich über das Wesen der Nachbarschaft nachdenken. Und als ich dann anfing, mit meinen Freunden darüber zu sprechen, kamen die phantastischsten Geschichten an den Tag.

Wir erzählten uns von Nachbarn, die spionierten, die schrien, und welchen, die sogar aufeinander schossen. Von Nachbarn, die Autos zerkratzten, die zwischen den Grundstücken Mauern errichteten oder komplizierte Beziehungen zu den gegenseitigen Ehepartnern eingingen. Von Menschen, die wegen ihrer Nachbarn weggezogen waren oder die dafür gesorgt hatten, dass ihre Nachbarn wegzogen.

Und dann stellte sich die Frage: Wie würde ich selbst reagieren, wenn ich nachbarschaftlichem Terror ausgesetzt wäre?

So wurde diese Geschichte geboren. Die Katze taucht auch in einer Redensart auf, die meine Mutter oft gebraucht hat: »Meine Kinder sind schöne Kinder, mit runden Augen wie die einer Katze. Die Nachbarskinder sind hässliche Kinder, mit schmalen Augen wie die eines Schweins.«

Zum Abschluss. Meine eigenen Nachbarn sind alle sehr sympathisch, und wir sind gern mit ihnen zusammen. Wir helfen einander, im Alltag und in Notfällen. Wenn ich meine Geschichte irgendjemandem widmen wollte, dann ihnen.

Auf gute Nachbarschaft!

MIX
Papier aus verantwortungsvollen Quellen
FSC® C014889
FSC
www.fsc.org

Das für dieses Buch verwendete FSC®-zertifizierte Papier *EOS* liefert Salzer Papier, St. Pölten, Austria.

1. Auflage
Deutsche Erstausgabe Oktober 2012

Titel der Originalfassung: *Runda i ögat som katten*

Illustrationen: Inka Hagen
Satz: Uhl + Massopust, Aalen
Druck und Einband: Friedrich Pustet KG, Regensburg
Printed in Germany
ISBN 978-3-442-75385-7

www.btb-verlag.de